"내 생활을 내 힘으로 유지할 수 있다면, 남편의 생활을 남편의 힘으로 유지할 수 있다면 가난한 사람들도 부부가 될 수 있다고 믿었다."

자꾸만 비집고 나오는 마음

자꾸만
비집고 나오는 마음

느린
서재

내 이야기라고 남들에게 할 만한 것이 뭘까. 가볍고 즐겁게 입에 올릴 만한 일상이 없는 사람이었다. 그것이 습관이 되어버린 건지도 몰랐다. 그런 내가 이 글을 쓸 수 있었던 건 순전히 '댓글' 때문이었다. 처음 브런치에 글을 썼을 때, 누군가가 마주 앉아 얘기를 들어주는 것 같았다. 눈을 맞추고 고개를 끄덕여주면서, 마치 내 손을 잡아주는 것처럼, 따뜻한 손으로 내 등을 쓸어주듯이 댓글로 위로해 주었다. 살면서 한 번도 받아보지 못했던 위로와 격려였다. 덕분에 낯모르는 누군가를 향해 내 얘기를 시작할 수 있었다.

물론 따뜻한 이야기만 있던 건 아니었다. 시댁과의 에피소드에 자신의 이야기까지 꺼내며 공감해 주는 사람도 있었지만, '아들 장가보내기 겁난다'는 날이 선 댓글도 있었다. 자주 보는 것도 아닌데 웃는 얼굴로 어른들 비위 좀 맞춰 드리면 어떠냐며 너무 '예민하다'는 지적도 있었다. 아들도 없는 나에게 당장 '너부터 좋은 시어머니가 돼라'는 훈계도 있었다. 이런 말들은 자기 연민에 빠져 있던 나를 흔들어 깨워주기도 했다.

다양한 의견과 공감, 위로가 쏟아졌다. 덕분에 내 얘기를 쓸 수 있는 용기가 생겼다. 일상 속에서도 나는 여전히 다양한 이야기를 듣고 있다. 친구의 이야기 속에서 내 인생은 실패한 걸로 결론이 났고, 여전히 양가 부모님께 섭섭하다는 얘기를 듣는다. 어제는 동네 어르신에게 아직 아이가 없다고 혼이 났다. 그럴 때마다 떠올리는 댓글이 하나 있다.

'어떻게 살아도 경찰이 안 잡아갑니다. 묵묵히 자신이 원하는 인생을 사세요.'

시작은 '변명'이었는지도 몰랐다. 평범하게 흘러가지 않는 내 인생이 꼭 내 탓만은 아니라는. 강박적으로 나를 점검하며 살았지만 여전히 그저 그런 내 인생에 대한 변명 말이다. 그런데 문제는, 나는 이제야 비로소 행복하다고 느끼는데 그걸 설명할 수 있는 객관적 지표가 하나도 없다는 것이다. 그것이 억울하게 느껴졌다. 그러고 보니 생각나는 댓글이 있다. 내가 타인의 시선을 많이 의식하는 것이 글에서도 느껴진다는 댓글. 사람들은 나에게 위로와 공감만 해주지 않았다. 나를 깨워주고, 일으켜 세워 계속 걸어 나갈 수 있도록 뒤에서 밀어주었다. 오늘 하루를 묵묵히 살아갈 수 있도록.

결국 이것이 이 글을 쓴 이유, 계속 쓸 수 있었던 가장 큰 힘이었다.

차례

◆

1부

그저 평범하고
싶었다고
말한다면

¶조금 남겨두면 안 될까 \

어느 해 겨울이었다. 알알이 반짝이는 전구처럼 모두의 마음이 들뜨고 반짝이는 연말. 나는 병원 복도를 서성이고 있었다. 진료실과 대기실을 가르는, 대낮인데도 어둠이 내려앉은 곳이었다. 진료실에서 나온 지 벌써 몇 분이 지났는데도 대기실로 가지 못했다. 멀리서 연신 얼굴을 이리저리 돌리며 나를 찾고 있는 엄마의 모습이 눈에 들어왔다. 그때 누군가 등 뒤에서 휴지를 내밀었다. 급하게 뽑혀 나온 듯 한 장씩 구겨져 아무렇게나 뭉쳐 있었다. 고맙다는 말조차 나오지 않았다. 꼭 다물고 있던 입을 열면 꿀떡꿀떡 삼키고 있던 울음이 왈칵 쏟아져 나올 것만 같았다. 내내 벽을 보고 서 있던 몸을 돌려 뒤를 돌아보자 한 여자가 어깨를 들썩이며 뭉친 휴지를 눈에 대고 있었다.

이 복도는 그런 곳이다. 환한 대기실로 가기 전 급하게 울음을 지워야 하는 곳.

*

"너는 내 속 안 썩일 줄 알았더니."

싸늘하게 식어버린 원룸은 바닥에 웅크린 이불만이 가냘픈 온기를 품고 있었다.

"엄마, 얼른 이불 안으로 들어가. 너무 춥다."

"아니, 추위도 많이 타는 애가 전기장판이라도 하나 깔지 그랬니."

"전기장판은, 번거롭게. 보일러 틀면 금방 따뜻해져."

"병원에서 뭐라 그래?"

"요즘 갑상선암이 암에나 끼나. 수술하면 된대. 근데 위치가 나빠서 수술은 빨리하면 좋겠다는데…."

개인병원에서 대략적인 설명을 듣고 대학병원에 온 터라 긴장되지 않았다. 사람이 더 많았고, 더 바쁘게 움직인다는 사실을 제외한다면 어차피 병은 달라질 것이 없었다.

"갑상선이 나비 모양으로 양쪽으로 있는데, 혹은 왼쪽에 있어요. 하지만 시간이 지나면 결국 오른쪽까지 다 퍼질 테니깐 수술하는 김에 싹 제거해 버리는 게 좋아요."

'싹, 다, 제거…'라는 말에 의사는 후련함과 안도감을 느끼는 것 같았지만 나는 뭔가를 영영 잃어버릴 것만 같은 아쉬움과 공포를 느꼈다.

"한쪽만 제거하고 싶은데…."

모기만 한 소리로 내뱉은 말에 의사는 처음으로 모니터에서 눈을 떼고 돌아보았다.

"그래요? 놔두면 반대쪽도 암이 퍼질 확률이 높아요. 아, 결혼은 하셨죠? 애는 있으세요?"

"아, 아니요. 아직… 결혼 안 했습니다."

의사는 다시 나를 뚫어지게 쳐다보았다.

"반만 제거합시다. 입원하고, 수술 일정 같은 건 나가시면 안내해 드릴 거예요."

며칠 동안의 고민이 결혼 여부에 따라 이렇게 쉽게 결정된다는 사실에 잠깐 혼란스러웠다. 개인병원에서 진단받았을 때부터 반절제냐 전절제냐로 며칠간 고민했다.

결국 대학병원 의사 선생님은 또 전절제를 추천하셨지만 아직 결혼하지 않았다면 반절제도 괜찮다고 했다.

*

"갑상선이 아예 없으면 결혼하기 힘든가 보네."

"뭐?"

"뭐든 하나라도 없으면 결혼은 무조건 힘든 거거든."

시간이 지날수록 암이라는 말의 무게도 점점 줄어들고 있었다. 내내 웃는 나를 보며 엄마와 언니도 평정심을 되찾았다.

"의사 선생님 기세가 무서워서 그냥 '네'라고 할 뻔했다니까. 나는 반쪽이라도 남겨두고 싶었는데 말이야."

엄마에게는 자세히 이야기하지 않았지만 언니는 나를 이해하는 것처럼 보였다. 반쪽짜리 갑상샘이 불행의 씨앗이 되는 한이 있더라도 싹 다 제거해 버리고 싶지 않았다.

슬프지 않았다. 오히려 이제 조금 쉴 수 있구나 하는 생각이 들었다. 이십대 후반에 수술을 한 적이 있었다. 퇴원을 하고 집에 돌아온 다음 날부터 아버지에게 시달려야 했다. 일을 하러 나가라는 것이었다.

"젊디젊은 것이 그게 무슨 중병이라고 누워서는. 그렇게 게을러서야 밥 굶기 딱이다. 다 일하기 싫어서 꾀병 부리는 거 아니냐."

매일 아침 내 방 앞에서 염불을 외듯 똑같은 소리를 외는 아버지를 피할 길이 없었다. 이제 '암'이라는 '타이틀'이 있으니 그나마 낫지 않을까.

*

쉬고 싶었다. 전쟁 같은 시간을 피해서 조금 쉬어가고
싶었다. 하지만 문득 화가 나기도 했다. 처음 갑상선암 진
단을 받았을 때 의사 선생님께 물었다.

"갑상선암은 왜 걸리는 건가요?"

엉뚱한 질문이라고 생각해서였을까. 아니면 반복되는
질문이 지겨웠던 것일까. 의사 선생님의 답은 생각한 것과
는 전혀 달랐다. 평소에 운동이나 좋은 식습관을 해오지
않고 건강을 돌보지 않아서 그렇다고 한다면 할 말이 있었
기 때문이다.

"뭐, 하나님한테 잘못 보여 그렇죠….."

잠시 어리둥절하다 마치 '벌 받았다'라는 말이라도 들
은 것 같아 황급히 진료실을 빠져나왔다.

주위를 둘러보니 다들 행복하게 살고 있었다. 일찍 결
혼한 친구는 지금은 만나기 힘들다는 나에게 기다리던 둘
째 소식을 전화로 전해 주었다. 소개팅과 맞선을 쉬지 않
던 친구는 드디어 제 짝을 만났다. 힘겹게 임용시험 준비
를 하던 친구는 선생님 소리를 듣게 됐단다. 모두가 행복

한데 나는 왜 점점 불행해지는 걸까? 내가 뭘 그렇게 미운 짓을 했다고….

마음의 문을 걸어 잠갔다. 누구도 보고 싶지 않았다. 내내 지치고 힘든 인생이었다. 그런데 암이라니. 혼자서만 불행의 터널 속에 갇힌 기분이었다. "그래도 누구누구에 비하면 우리는 행복한 거야…." 힘들 때마다 아픈 나를 떠올리며 자신의 인생에 안도하고 있을 사람들이 보고 싶지 않았다.

결국 서울의 큰 병원에서 수술하기로 결정했다. 결혼 여부는 묻지도 않고 반절제를 해주겠다는 의사 선생님을 만났다. 서울로 올라가기 전날, 머리를 새로 했다. 일 년에 한 번 미용실을 가는 내가 머리를 뽀글뽀글 볶고 나타나자 엄마와 언니는 눈이 동그랗게 커졌다.

"수술하면 머리 감기도 힘들 텐데…. 그냥 확 자르고 오지 그랬냐. 내내 누워 있을 텐데 무슨 파마야?"

"뭐…. 서울 올라가잖아. 이 정도 멋은 내야지."

헤헤 웃고 있었지만 눈물이 날 것 같았다. 갑상선암은 죽고 사는 문제가 아니라는데…. 아니, 철없게도 죽는 것보다 내 모습이 초라해지는 것이 더 견디기 힘들었다.

"다들 행복한 데 나만…. 다 내가 못나고 변변치 않아서 그런가? 병원에서 웅크리고 있을 내가 초라해 보이고 싶지 않아서… 겨우 할 수 있는 게 파마밖에 없었다고."

나에게는 결코 닿지 않는 일상의 행복을 누리는 사람들이 부러웠다.

"한다고 했는데… 많이 부족했나 봐."

"열심히 살아야 하지만 너무 애쓴다고 잘 사는 거 아니야. 그러니까 너무 속 끓이고 살지 마라. 병이 다 그런 데서 오는 거야. 나중에 잘되는 사람도 있고. 인생은 한 치 앞을 모르는 거다. 수술 잘 하고 와서 씩씩하게 살면 되지. 그건 그렇고 이렇게 캐리어에 짐 싸고 있으니까 여행 가는 거 같네. 안 그러냐?"

"여행은 무슨, 대학병원으로 여행 가는 거야?"

"야, 서울 간다고 파마까지 하고 와놓고 엄마를 비웃냐? 우리는 이렇게 짐 싸서 여행 가고 그런 적도 없잖아. 수술하고 오면 같이 여행도 가고 그러자. 괜히 청승떨지 말고 일찍 자."

"시골 사람 둘이 서울 가서 길이나 안 잃어버릴까 몰라. 코 안 베이고 잘 찾아갈 수 있겠어?"

"언니는 무슨 쌍팔년도 유머를 하는 거야. 요즘 누가 길을 잃어버려? 나 참….."

늦은 밤, 일을 마치고 돌아온 언니는 나란히 선 캐리어 두 개를 보고 농담을 던졌다. 그 농담은 무거운 침묵을 가르고 어두운 방 안에 불을 밝히는 것 같았다. 엄마는 소리 내 웃었다. 다음날 캐리어를 끌고 서울을 이리저리 헤매고 다닐 생각에 쉽게 잠들지 못했다.

¶ 비로소 엄마와의 시간 \

사방은 아직 어두웠지만 조금씩 의식이 돌아오는 것 같았다. 얼음 위에 누워 있는 건 아닐까. 뼈를 스치는 한기에 몸이 떨렸다. 아득하게 공기를 울리던 진동은 조금씩 언어의 형태를 갖춰가면서 귀에 내려앉았다.

"수연 씨, 정신이 드세요?"

"너무 추워요."

"네, 담요 덮어 드릴게요. 이제 괜찮아질 거예요."

가늘게 뜬 눈 사이로 서서히 빛이 스며들고 있었다. 이내 푸른색 담요에 시야가 가로막혀 있음을 알아차렸다. 몸 위에는 이미 담요가 탑처럼 쌓여 있었다.

"너무 추워요, 선생님."

"네, 이제 괜찮아요. 걱정 마세요. 수술 잘 끝났어요."

엄마와 나는 기차를 타고 지하철을 타고 버스를 타고 병원에 도착했다. 진이 거의 다 빠졌을 때에야 겨우 2인 병실을 배정받고 침대에 누울 수 있었다. 6인실에 자리가 없어서 하루는 2인실을 써야 한다고 했다.

2인실은 6인실에서 침대 두 개의 공간을 잘라내 온 것처럼 보였다. 그러니 공간적으로는 더 좁고 답답했다. 게다가 이미 옆 침대 환자와 가족들에게 점령당해 있었다. 침대에는 엄마 나이 정도로 보이는 사람이 앉아 있었다. 그 옆에는 남편이 있었고, 자식들과 그들의 배우자, 손자, 손녀들이 무슨 의식이라도 치르듯 침대를 빙 둘러싸고 있었다. 좁은 방을 꽉 채우고 있는 사람들이 의아하게 보이기만 했다. 엄마와 내가 비어 있는 침대에 자리를 잡고 커튼을 쳐봤지만 커튼은 그들의 등에 얹힐 뿐이었다. 몇몇 아이들은 내 침대 앞에 서서 호기심 가득한 눈을 깜박이고 있었다. 나는 얼른 침대 앞에도 커튼을 쳤다. 그들의 이야기는 끝이 날 줄 몰랐다. 다음 날 아침 커튼이 살짝 젖히더니 옆 침대 아줌마가 얼굴을 내밀었다.

"아이고, 젊은 아가씨네. 갑상선 수술하러 온 거야? 어디서 왔어?"

이미 아줌마가 전라남도 진도에서 왔고 큰아들이 절대로 서울까지 가지 않겠다는 아줌마를 억지로 모셔왔다는 것을 알고 있었다. 아무 증상이 없었는데 어느 날부터 얼굴이 자꾸 붉어지고 열이 오르더니 체중이 늘어서 얼굴이 팽팽해지기까지 했다고. 마을 사람들은 도로 새색시가 되었다고 놀렸단다. 이렇게 큰 병에 걸렸을 줄은 꿈에도 생각지 못했는데 결과를 듣고 하늘이 노래져서는 바닥에 주저앉아 버리고 말았다고도 했다. 그 이야기는 어제 병실에 도착해서부터 자식들이 썰물처럼 빠져나갈 때까지 아줌마의 입에서 쉬지 않고 흘러나온 것이었다. 그러니 커튼 사이로 얼굴을 내민 아줌마의 입이 행여나 또 열릴까 마음이 조마조마할 지경이었다. 하지만 다행인지 불행인지 아침 식사가 날라질 때쯤 아줌마의 자식들이 하나둘씩 또 얼굴을 내밀기 시작했다. 이내 2인실을 꽉 채운 그 가족을 보면서 작게 속삭였다.

"엄마, 저 사람들 진짜 민폐 아니야? 왜 저렇게 난리야…. 가족 없으면 서러워서 살겠나."

"엄마가 아프니까 가족들이 왔나 보네. 당연히 걱정되지. 이런 건 이해해야 되는 거야…."

2인실을 벗어나 6인실로 옮겨갈 때, 만세를 불렀다. 드디어 대가족으로부터 해방이구나, 하고 말이다. 그때는 몰랐다. 그곳에서 다섯이나 되는 대가족을 만나게 될 줄은. 6인실은 시장 한복판이었다. 이런 곳에서 사람들이 어떻게 병과 싸우고 있는지 신기하기만 했다.

그곳에서 엄마와 나는 섬처럼 둥둥 떠 있는 것 같았다. 사방에 커튼을 치고 숨을 죽였다. 수술을 마치고 막 돌아왔을 때 꿈결처럼 스치는 엄마의 목소리를 들었다. 아무리 기다려도 나왔다는 소리가 없어서 얼마나 걱정되던지…. 수술실로 들어갈 때 장난스럽게 혀 짧은 소리를 내며 '안녕, 안녕, 잘 다녀올게' 하고 손을 흔들었지만, 엄마는 내내 마음을 졸였을 것이다. 나는 엄마를 보고 잠이 들고 엄마 목소리에 잠에서 깨어났다. 정신이 또렷해질수록 극심한 통증이 밀려왔고 그래서 다시 잠에 빠져들었다. 늦은 밤 어슴푸레 잠에서 깨어났을 때 주위는 깜깜했고 엄마 목소리만 아득히 들려왔다.

"아니, 금식이라면서 피는 왜 그리 자주 뽑아가요? 그래도 괜찮은 거예요?"

"호르몬 수치 검사해야 해요, 어머니. 걱정 마세요."

몇 시간 간격으로 누군가 톡톡 건드리는 걸 느끼고 있었다. 피를 뽑아갔던 거였구나….

"엄마도 참, 병원에서 다 알아서 하는 거지. 피 뽑아서 검사해야지 안 하면 어떻게 알아? 별게 다 걱정이네."

"아니, 콸콸콸 뽑아가더라니깐. 내가 다 아까워서…. 그렇게 자주 뽑아 가면 얼마나 힘들까 싶은 거지."

"엄마는…."

"이제 좀 덜 아픈 거야?

"별로 안 아파. 괜찮은 거 같아. 밥은 어떻게 하고 있는 거야? 이제 혼자 있을 수 있어. 엄마도 잘 챙겨 먹어야 하는데. 원래 간병하는 사람이 병난다잖아."

"엄마 말고 네 걱정이나 해."

전쟁을 함께 겪는 전우라고 해도 좋을 것이다. 그때 우리는 서로를 지키기 위해 무던히도 애를 쓰고 있었다.

"아니, 아직 시집도 못 간 아가씨가 이렇게 누워 있으면 어떡해요? 얼른 몸조리 잘해서 쾌차하세요. 내가 좋은 사람 소개해 줄 테니깐. 으응?"

"아… 네…. 감사합니다. 통증이 좀 남아서…."

"아니야, 아니야. 일어날 필요 없어요. 나도 수술한 지 얼마 안 됐어. 젊은 사람은 진짜 금방 괜찮아진다니까. 내가 어머니 연락처 받아놨어. 그럼 또 봐요."

불시에 들이닥친 손님은 말할 기회도 주지 않고 사라져 버렸다. 피식, 웃었다.

"아니…. 요 앞 휴게실에서 커피 마시다가… 자꾸 물어보잖아."

"엄마가 먼저 말한 건 아니고? 아이고, 우리 딸이 혼자 늙어가는데 어디 소개해 줄 사람 없을까요, 하고 말이야."

"너 수술하고 누워 있는데 엄마가 정신이 나갔니?"

"엄마는 병원에만 오면 왜 그래? 예전에 나 수술했을 때도 그랬고, 엄마 수술했을 때도 옆에 아줌마가 나만 보면 중매한다고 그랬잖아."

"엄마들은 원래 그래. 혹시 아니? 인연을 만나게 될지?"

"아무리 생각해도 엄마는 순박한 거 같단 말이야."

"또 무슨 소리를 하려고?"

"아니, 진짜 소개라도 해줄 거라고 믿는 거야? 아파서 병원에 누워 있는 사람을 누가 소개해 줘? 다들 그냥 하는 소리지…. 호기심도 있고, 불쌍해 보일 수도 있고, 그것도 아니면 뭐…. 엄마한테 잘난 척하고 싶은 걸 수도 있고."

마치 구세주를 만난 듯 자신을 쳐다보는 엄마를 보고 그들은 과연 무슨 생각을 했을까.

　"잘난 척은 무슨 잘난 척이야? 너도 참, 생각 좀 예쁘게 해라. 이제 조용히 있을게. 커튼 딱 쳐놓고 너만 보고 있을게. 됐지? 아니. 근데… 너도 눈이 있으면 사방을 한번 둘러봐. 가족들이 와서 저렇게 애가 타서 챙겨주는 거 안 보이니? 너는 어쩔 거야? 엄마가 천년만년 살아 있을 것도 아니고…. 만날 아프다 소리 달고 사는 애가. 나중에 아프다고 하면 누가 물 한 그릇이라도 떠줄 거냐고?"

　"수술한 지 겨우 하루 지났어. 벌써 잔소리 시작하는 건 너무 한 거 아니야? 그리고 아플 때 물 떠달라고 결혼하는 거야? 그럼 오히려 결혼하면 안 되지. 퇴원하면 더 열심히 운동하고 건강 관리할 테니까 걱정 마."

　알고 있었다. 양쪽 침대에서 들려오는 환자와 가족들의 대화, 늦은 밤까지 이어지는 속삭임들. 커튼을 쳐도 소리까지 막을 수는 없었다. 한 사람을 보기 위해 참으로 많은 사람들이 병원을 찾아왔다. 부모와 형제자매, 남편과 자식들 그리고 다양한 호칭을 단 가족들의 방문이 끝없이 이어졌다. 가족은 한 나무에서 시작된 무수한 가지처럼 끝없이 뻗어나가고 있었다. 주변을 탈탈 털어도 엄마밖에 없는 난, 인생을 제대로 못 살고 있는 것인지도 몰랐다.

*

소설책 두 권을 다 읽은 후, 퇴원이 허락되었다.

"고개를 숙이고 있으니까 책 읽기가 좋네. 그런데 집까지 어떻게 가지? 빨리 퇴원하게 될 줄은 몰랐는데…."

끌고 갈 캐리어가 두 개, 버스를 타고 지하철을 타고 기차를 타야 하는데 아직 고개조차 들 수 없는 처지였다. 엄마와 나는 서로를 말없이 쳐다보았다. 그때 엄마의 눈빛이 이야기하고 있었다. '거 봐. 혼자서 다 할 수 있는 게 아니야. 엄마도 이럴 때는 어떻게 해야 할지 모르겠다.'

집 현관문을 열었을 때, 비로소 '휴' 안도의 한숨이 흘러나왔다. 사는 게 꼭 한 판씩 깨서 올라가는 게임 같다. 익숙한 집안의 공기가 콧구멍으로 흘러 들어오자 비로소 살 것 같았다.

"이야, 역시 내 집이 최고라는 말이 이런 거구나. 이제 진짜 살 것 같다. 엄마, 안 그래?"

"아휴, 긴장이 풀리니까 뱃속이 난리다. 너도 배고프지? 얼른 밥해야겠다. 넋이 빠지는 것 같네."

엄마는 집으로 돌아오는 내내 필사적으로 나를 붙들고 있었다.

"아니야, 엄마도 좀 쉬어. 그냥 시켜 먹으면 되지."

"환자가 뭘 시켜 먹어. 아직까지는 순한 걸로 조금씩 먹어야 하는 거야."

"그래도…. 엄마가 너무 힘들잖아. 근데, 집에는 언제 갈 거야?"

"집? 한 달 정도는 여기 있어야지. 내가 가버리면 너 밥이랑 다 어떻게 해?"

"아버지 난리 날 텐데…."

엄마는 잠시 생각에 빠진 듯 말을 멈추었다.

"아니면, 집에 가자. 거기서 지내면 밥 걱정도 없고…."

"됐어, 됐어. 다시 병 얻어올 일 있어? 굶어 죽어도 난 여기 있을 거야. 엄마가 난처하면 그냥 혼자 있을게. 밥해서 먹을 수 있어. 걱정 마."

평생을 밖으로 돌아도 밥은 꼭 집에서 먹는 아버지는 밥을 목숨처럼 생각했다. 그러니 엄마가 자리를 비우는 일은 없었다. 내가 병원에 있을 때는 어쩔 수 없었지만, 벌써 엄마의 핸드폰은 쉼 없이 울려대고 있었다.

"그놈의 밥. 아이고…. 딸자식이 아프다는데 며칠 좀 어디 가서 해결하면 될 것을…. 아니다. 나 안 가련다. 여기 한 달 있을 거야."

점점 울상이 되어가는 내 얼굴을 보자 엄마의 목소리는 더욱 높아졌다. 엄마와 나의 불안한 마음은 그 목소리에 조금씩 덮이고 있었다.

"우리 집 주소는 모르잖아, 그치?"

"설마 밥 안 해준다고 여기까지 쫓아올까 봐 그래?"

"그래도 혹시 모르니까…."

고단한 엄마의 인생에서 딸과 단란한 시간을 보내는 행운은 주어지지 않았다. 그저 해가 지면 지친 몸을 이끌고 집에 돌아와 밥상을 차렸다. 주린 배가 아니었다면 죄책감을 불러일으키는 엄마의 밥상에서 차마 숟가락을 들지 못했을 것이다. 그런 엄마가 나만을 위해 밥을 하고 있었다. 냄비에서 무럭무럭 피어오르는 김과 음식 냄새는 작은 방을 채워나갔다. 엄마의 뒷모습을 내내 바라보면서 하루 세 번 엄마가 해주는 밥을 먹었다. 어린아이 같은 생각이었지만, 그 시간을 보내며 처음으로 엄마가 내 엄마가 된 것 같다는 기분이 들었다. 엄마는 별로 말이 없었다. 병원에서 다른 가족들을 보며 조바심치던 엄마는 왠지 느긋해 보이기까지 했다. 그제야 마음이 놓였다. 어쩌면 살면서 처음으로 오롯이 엄마와 함께한 시간이었다. 자신이 초라해서 견딜 수 없다고 울부짖던 나는 엄마와 생선 가시를 발라내며 웃고 있었다.

¶내 안의 목소리가 말을 건네면 \

"테, 테푸 뭐? 절에 들어간다는 말 아니야?"

"누가 들으면 내가 머리라도 깎는 줄 알겠네. 그냥 절에 며칠 있다가 오는 거야."

"이름이야 어찌됐든 네가 고시 공부하는 것도 아니고…. 속세를 떠나서 비구니라도 되겠다는 거야? 갑자기 절에는 왜 들어간다는 거야?"

"엄마, 요즘 누가 고시 공부하러 절에 들어가? 그리고 비구니는 또 뭐야? 요즘 유명한 절에는 젊은 사람들이 며칠씩 들어가서 체험하는, 그런 프로그램이 있어."

"뭘 체험한다는 거야? 부처님도 안 믿으면서 절에서 할 게 뭐가 있어? 그냥 집에서 절하고 나물에 밥 비벼 먹고 하면 안 되는 거야?"

날씨는 점점 봄을 향해 가고 있었다. 나뭇가지 끝 꽃봉오리에 물이 오르고 점점 회복되고 있었다. 올해는 벚꽃을 실컷 봐야지. 그동안 꽃구경도 한번 제대로 못 하고 살았다. 아직 고개를 젖히고 아름드리 벚꽃나무를 올려다 볼수는 없었지만 꽃구경을 하기 위해 비장한 결심을 다지고 있었다. 뭐든 신경 써서 하지 않으면 다 놓쳐버린다는 걸 알았다. 시간이 지난다고 저절로 쌓이는 건 하나도 없다. 그 순간을 악착같이 붙잡아야 한다. 삶에 대해 자못 비장해지기까지 한 나는 병이라는 인생의 고비도 헛된 것만은 아니라는 생각이 들었다.

"아직 무리하면 안 된다."

"조심해야지, 뭐. 예전처럼 일도 하고 다 하잖아."

"그래도…."

"막상 일하러 가면 아플 틈이 어디 있어. 돈 내려 오는 사람이 나 아프다고 걱정해? 무조건 열심히 움직여야지."

그래서일까. 점점 일상의 버거움이 느껴졌다. 목을 조이는 통증도 사라지지 않았고 피곤함도 그대로였다.

성급하게 일에 복귀한 것도 있지만, 세상은 아프다고 봐주지 않았다. 몸이 힘들기보다 마음이 아팠다.

"내가 돈 떼먹은 것도 아니고, 왜 전화를 해서 맨날 닦달을 하는 거야."

"감사하게 생각해. 단골이었는데, 다른 데로 홀랑 가버리면 그게 더 섭섭하지 않겠어?"

"절에 들어가면 피해 있을 수 있잖아. 큰돈 버는 일도 아니고 나도 좀 쉬고 싶어."

"큰돈을 못 버니까 부지런히 해야지. 먹고사는 데 쉬는 게 어디 있어? 밥을 굶어야 정신 차릴래?"

"엄마는 맨날 그 소리야? 그럼, 일 안하는 동안 내가 안 먹으면 되잖아."

"흥, 하루만 굶어도 배고프다고 나도 잡아먹으려고 할 것이다. 한 살이라도 젊을 때 아등바등 벌어서 모아놔야지. 먹여 살려줄 남편도 없는데 나중에 어떡하려고 그래?"

엄마의 이야기가 이제 어디로 물길을 틀지 잘 알고 있었다. 그대로 두면 잔소리로 댐이 무너져버릴지도 모른다.

"사람들한테 시달리는 게 얼마나 피곤한지 알아?"

"엄마는 평생 놀고 먹었나 보다, 그치?"

"세상 사람들한테만 섭섭한 게 아니네. 엄마한테 제일 섭섭해."

"섭섭은 무슨…. 먹고사는 일이 얼마나 무서운 건지 너도 알아야지. 너는 게다가 먹여 살려줄 남편도…."

"제발 그만."

*

엄마의 만류에 짐을 꾸리기까지 몇 달이 더 걸렸다. 7월을 코앞에 두고서야 휴가를 겸한 템플스테이가 결정되었다. 뭘 가져가야 할지 망설이다가 절에 전화를 해봤더니 몸만 와도 된다고 했다. 아무것도 필요 없어요…. 다 비우고 오세요. 전화기 넘어 들려오는 목소리에는 벌써 속세를 떠난 듯 호젓함이 묻어 있었다.

다음 날 아침, 손에는 책가방 하나를 들었다. 절에서 꼭 입어야 한다는 절복 두 벌과 로션 하나, 선크림, 약병이 전부였다. 그 외에는 항상 들고 다니는 핸드폰과 지갑, 손수건 정도였다.

절은 제법 높은 곳에 있었다. 고속버스를 타고, 시외버스를 타고 다시 마을버스를 타고 절 입구에 도착했을 때 이정표는 산 위를 가리키고 있었다. 7월의 더위 속에 귀를 찌를 듯한 매미 소리 말고도 평소에는 듣기 힘들었던 산새 소리와 소나무의 진한 향이 펼쳐졌다. 수술을 하고 한가한 시간을 보내던 중 명상과 절 운동에 관한 글을 읽었다. 수술을 하고 드라마 주인공처럼, 새로운 인생을 살아보겠다고 결심했다. 두 주먹을 불끈 쥐며 결심하는, 별다를 것 없는 모습. 하지만 내가 정말 절박하다는 건, 직접 경험해 보고서야 알게 되었다. 남이 이별 노래를 부르며 거리에 눈물을 뿌리고 다니는 모습을 볼 때는 손발이 다 오글거리지만, 이별을 직접 경험하고 나면 그 사람이 죽을 것 같은 고통을 견뎌내고 있다는 걸 알 수 있는 것처럼.

오늘부터 새롭게 태어나는 거야! 주변의 매미소리가 전부 나를 비웃는 소리라고 해도 그 순간, 정말 진지했다.

¶참으면 병, 뱉으면 업 \

목탁 소리가 잠을 몰아내고 있었다. 살짝 눈을 뜨자 창호지 밖은 아직 어두웠다. 그 순간 불이 켜지고 사람들이 부스스 일어나기 시작했다. 나도 벌떡 일어나 앉았다. 도대체 몇 명이 한 방에서 잔 걸까? 하얀 두부를 썰어서 프라이팬 가득 올려놓으면 이런 모습일까? 두부를 부칠 때 빈 공간을 만들기 위해 이리저리 밀치던 기억이 났다. 요 사이에 공간이라고는 팔 하나 정도였다. 다른 사람의 요를 밟지 않는 예의를 차릴 수 있을 딱 그 정도. 정신의 반을 꿈속에 놓고 도대체 방 안의 사람이 몇 명인가 세다 퍼뜩 정신을 차렸다. 이내 이불은 질서정연하게 정리가 되고, 방은 예의 그 모습처럼 텅 비었다. 그대로 밖으로 나가 대웅전을 향해 걸었다. 새벽 4시. 아직 밖은 어두웠고 7월의 아침이어도 한기가 진하게 몸을 감쌌다. 돌계단을 따라 오른 가파른 경사 끝에 대웅전이 있었다. 그 안에서는 노란 불빛과 함께 목탁 소리가 새어나왔다. 어디서 나왔는지 모를 많은 사람들이 대웅전을 향해 걸어가고 있었다. 모두 다 입을 꾹 다물고 있어서 발 아래 모래가 밟히는 서걱서걱하는 소리 외에는 아무 소리도 들리지 않았다.

대중을 대상으로 명상 수행을 진행하는 동안 절에서 지내기로 했다. 일정 기간 동안 절에는 많은 사람들이 머문다. 그러면 일손도 많이 필요할 것 같아 허드렛일이나 좀 도와보겠다고 자청했다. 애초부터 '템플스테이'라는 거창한 이름과는 상관 없는 일정이었다.

걱정이 되었다. 아무도 없는 절에서 혼자 지내는 것은 아닐 테니, 사람을 피해간 곳에서 또 사람을 만나야 하기 때문이다. 사람들과 어울리지 못하고 혼자 있는 모습도 들키고 싶지 않았다. 하지만 그런 걱정은 첫날부터 사라졌다. 새벽 4시에 일어나 밤 10시에 잠들 때까지 해야 할 일이 모두 정해져 있었다. 아침 예불 후에는 대웅전을 비롯해 처소와 공양간 등 절 구석구석을 청소해야 했다. 아침 공양도 만만치 않았다. 그냥 밥만 먹는 시간이 아니었다.

어찌나 예법이 복잡한지 머리가 어질어질해질 지경이었다. 후에 누군가는 밥 한 숟가락 먹으려고 이렇게까지 해야 하느냐며 불만을 터트리는 통에 내내 어색하던 사람들이 함께 웃기도 했다.

복잡해도 그 시간이 좋았다. 비록 밥 한 숟가락에 나물 몇 가닥이 전부라고 해도 그 밥이 나에게 오기까지 지나왔을 모든 손길에 감사 인사를 했다. 음식을 입에 넣고 손으로 가리고 천천히 씹었다. 내 육신을 유지하기 위해 밥을 입에 넣고 있지만 배고픈 이가 나를 보고 괴로워하지 않도록 입을 가린다고 했다. 옥수수밥 한 숟가락을 입에 넣고 씹었다. 찰진 옥수수 알갱이가 입안에서 톡톡 터지면서 단맛이 확 밀려왔다. 많은 사람들이 대강당 같은 곳에 둘러앉아 있었다. 그릇을 부딪치거나 숟가락 부딪치는 소리도 없었다. 모두 조심스럽게 한 숟가락을 떠서 천천히 씹고 있었다. 침묵이 내려앉은 식사 시간에 누군가는 체할 것 같다고 했지만 음식의 맛을 그렇게 제대로 느껴본 것은 그때가 처음이었다.

나와 같은 이유로 절에 들어온 사람은 모두 여섯이었다. 남자 셋 여자 셋이었는데, 저마다의 사연으로 지쳐 있었다. 하루종일 고된 노동에 지칠 때면 '내가 여기서 도대체 뭘 하고 있는 거야' 하며 황당하다는 표정을 짓곤 했다. 그럴 때면 육체를 고단하게 해, 정신에 휴식을 주는 처방이 잘 듣고 있다는 다소 허황된 이야기도 들려오곤 했다.

사십 대 중반의 콧날이 오똑한 여자는 외국에서 그림 공부를 하다, 어머니가 돌아가셔서 한국으로 돌아왔다고 했다. 나보다 한 살이 많았지만 여전히 장난기 가득한 얼굴의 남자는 돈만 벌다가 결국 이혼을 당해서 삶의 방향을 잃어버렸다고 했다. 나와 나이가 같은 남자가 하나 더 있었다. 좀처럼 말이 없었고 야윈 얼굴에 표정이 없었다. 미국에서 공부하다가 지쳐 머리를 식히러 왔다는 청년과 이십 대 중반의 예쁜 아가씨 둘은, 취직도 문제고 결혼도 문제라고 한숨을 내쉬었지만 내 눈에는 그저 밝고 귀엽게만 보였다.

이렇게 여섯 명은 아침 공양이 끝나면 함께 절 여기저기를 손보러 다니거나 대웅전 앞마당에서 잡초도 뽑고, 방에 모여 앉아 명상 수행에 참여할 사람들을 위한 안내판도 만들었다. 제 발로 절에 들어온 만큼 누가 시키지 않아도 열심히 일했다. 그만큼 지우고 싶은 아픔이 많다는 뜻일까? 아픈 마음에 내려진 육체노동이라는 처방은 꽤나 효과가 있어 보였다.

비가 많이 와서 공양간에 물이 넘친다는데 가서 좀 봐주세요, 하면 삽과 곡괭이를 들고 가서 열심히 땅을 파고 물길을 만들었다. 정해진 일과 방향은 없었지만 자연스럽게 팀이 되어 일을 해결해 나가고 있었다. 곤혹스러운 시간은 따로 있었다. 일과 사이에 법사님이 찾아와, 이제 좀 쉽시다, 하고 미숫가루가 든 주전자라도 내려놓으면 바로 그 시간이 시작되는 것이다.

"경서 법우님, 아까 땅을 팔 때 마음이 어떠셨어요?"

"네, 네? 음… 그게 힘들었나? 아니, 재있었어요. 옛날 생각도 나고, 뭐 그렇죠."

"그러셨군요. 몸이 힘들 때 마음은 들여다보셨나요?"

선문답 같은 대화를 들으며 내 차례가 올까 봐 미숫가루가 목에 걸려서 넘어가지 않았다.

아… 이런 거 진짜 싫은데. 주전자를 든 법사님의 모습이 저 멀리 사라질 때쯤 속삭이는 소리가 옆에서 들렸다.

"아, 미숫가루 한 잔을 마음 놓고 못 마시게 하네. 쉬는 시간인 건지 뭔지…."

"그러니까요. 일할 때가 차라리 편해요."

저 멀리서 또 다른 목소리가 끼어들었다.

"수연 법우님, 잡초 뽑을 때 어떤 마음이었나요? 마음 속 분별심이 뽑혀 나오는 것 같아 시원하지 않으신가요?"

짐짓 점잔을 빼며 법사님 흉내를 내는 목소리에 모두가 웃었다.

"얄미운 사람들 머리채 톡톡 뽑아내는 것 같아 시원하기는 합니다만… 큭큭."

지나가는 발소리에 모두가 입을 꾹 다물었다. 사실 법사님의 허락 없이는 입을 열 수 없는, 우리는 모두 묵언수행 중이었다. 하지만 점차 사람들은 법사님과의 시간을 잘 활용하기 시작했다.

"오전에 공양간에서 김치를 담글 때, 영숙 법우가 힘든 일은 저에게만 시키는 것 같아 화가 났어요. 본인은 쉬운 일만 하면서…."

"그때 마음이 어떠셨어요?"

"존중해 주지 않는 것 같아 화가 나기도 했고, 힘든 일만 하는 것 같아 억울하기도 하고 그랬던 것 같아요."

사람들은 점점 자기 마음을 가감 없이 꺼내놓기 시작

했다. 하지만 그 자리가 싸움판이 되지 않는 이유는 그곳이 절이기도 했고, 무엇보다 법사님의 허락 없이는 모두가 '묵언'을 지켜야 했기 때문이다.

명상 수행 기간이 다가올수록 절에는 일손을 돕기 위해 더 많은 사람들이 모여 들었다. 그들과 섞여 일을 하게 되자 사람들이 드러내는 감정이 더욱더 다양해져 갔다. 급기야 묵언을 어기고 여기저기에서 소소한 다툼이 일어났고, 종종 싸움이 벌어지기도 했다. 짐을 쌌다가 푸는 일이 몇 번이나 반복되었다.

"누군가 짐을 싸면 법사님은 무슨 생각을 하실까요?"

"그야 뭐, 중생이 번뇌에 사로 잡혔구나⋯."

"공짜 일꾼 하나 사라지네. 어쩌나⋯ 하는 거 아닐까요."

짐을 싸겠다는 사람이 있다는 소식에 멀리 이웃 도시로 외출을 나갔던 법사님이 부랴부랴 모습을 보였다. 그리고 두 사람을 방으로 데리고 들어간 뒤 몇 시간째 방문은 열리지 않았다.

＊

처음에는 봉사하는 사람들의 처소를 관리했다. 묵언수행이 저절로 된 것은 혼자여서이기도 했지만 할 일이 넘쳐

나서였다. 청소도 하고 빨래도 하고 떨어진 이불이나 법복을 꿰매고, 비품들을 정리했다. 매일매일 달라지는 봉사자들을 안내하기도 하고, 그들이 봉사를 했다는 기분을 느낄 수 있도록 소소한 일을 나눠주기도 했다.

"왜 즐거워 보이지? 혼자 안 힘들어요?"

지나가던 사람들이 나를 힐긋 보고 말을 건넸다. 그냥 빙긋 웃었다.

다음 날, 가장 힘들다는 공양간으로 소임이 바뀌었다. 선풍기 하나 없는 7월의 더위 속에서 백 명이 넘는 사람들의 밥을 하루 세 번 지어야 하는 곳이다. 계속 이어서 하기 힘든 일이라 경험 많은 어머님들이 짧게 짧게 교대로 맡아주던 곳이었다. 법사님이 신경 써서 어루만지는 곳이었지만 어머니들은 며칠을 버텨내지 못했다. 덕을 많이 쌓고 대대로 복을 짓는 일이라고 해도 힘든 건 힘든 거니까. 묵묵히 일을 하며 사람들을 관찰했다. 절도 다르지 않았다. 작은 공양간 안에도 권력과 파벌이 존재했다.

"오늘 이거 누가 한 거야?" 하며 반장님의 목소리가 높아지면 그날, 그 음식을 담당했던 사람은 하루종일 허리를 펼 틈 없이 일을 해야 했다. 특별히 잘못한 일이 있어서

라기보다 그저 권력의 변두리에 있는 사람이 한 번씩 겪게 되는 일이었고 권력에 굴복하는 과정이었다. 부처님의 공덕이 내려지길 바라고 모두가 힘든 일을 자처하는 것은 아니다.

그곳에서 사람들은 솔직했다. 돈을 받고 하는 일도 아니었고, 직장도 아니었으니 당연한 일이었다. 게다가 사방에서 자기 마음을 들여다보라고 하니 사람들은 자신의 감정을 숨기지 않았다. '이거 누가 했어'라는 말을 듣는 사람은 주로 나를 비롯해 묵묵히 일만 하는 몇몇이었고, '그거 맛있더라'의 주인공은 주로 키가 크고, 말을 할 때마다 반은 울고 있는 그 사람이었다. 공양간에서 두 번째 서열쯤 되는, 세상에서 가장 불쌍한 사람이라고 자신을 소개하던, 법사님이 멀리서 걸어오는 모습만 보여도 눈물바람인 사람이었다.

나는 그 사람 옆에서 쉼 없이 반찬을 만들고 국을 끓였다. 마지막에 한 숟가락 떠먹어 보고는 '됐네' 하는 것은 그의 역할이었다. 사람들이 뭐가 맛있다고 이야기하면, 그거 내가 했잖아, 하고 나서는 사람이었다. 국수는 이만큼 삶으면 될까, 하는 물음에 무심코 '네' 했다가 삶은 국수가 너무 많이 남았다는 타박을 견뎌야 하는 것은 내 몫이었다.

누군가와 대립하는 것보다 참는 것이 마음 편했다. 그 사람은 공양간 일을 맡은 후에 행복해졌고 자심감도 생겼다고 했다. 얼굴 표정마저 달라져서 만나는 사람마다 그냥 지나치지 않고 칭찬 한마디를 꼭 건넬 정도였다. 그런 사람과 대립하면서까지 자신을 내세우고 싶지는 않았다. 아니 그럴 자신이 없었다.

¶빤히 보이는 마음 \

공양간은 숨을 헐떡거릴 만큼 힘든 곳이었다. 가파른 돌계단이 한참 이어진 곳 아래에 있었기 때문에 그냥 오르내리는 것만으로도 진이 다 빠졌다. 옷이 땀에 흠뻑 젖어 철썩 붙은 건 처음이었다. 씻을 때 옷이 벗겨지지 않았다. 몸을 축 늘어뜨리고 옷을 벗다가 쭉- 하는 소리에 얼른 몸을 세웠다. 그때 옆에 있던 사람이 자기도 벌써 두 개나 찢어먹었다고 말을 건넸다. 배려해서 한 말인지 진짜 그런건지 알 수 없었지만 고마웠다. 언제나 공양간에서 맡은 역할을 묵묵히 해나가는 사람. 이런 사람은 왜 눈에 띄지도 않는 걸까.

눈에 띄려고 애를 쓰는 건 단연 공양간 반장님이 최고였다. 반장님은 벌써 오래전부터 공양간에 봉사하러 오는 사람이라고 했다. 올 때마다 양손 가득히 주방에서 쓰는 전자제품과 간식이 들려 있었다고 했다. 단연 공양간 최고의 권력자였다. 잠깐이라도 엉덩이를 땅에 붙일라치면, 수연 법우 나랑 같이 좀 가자, 하며 손을 끌었다. 으슥한 공양간 뒤 장독대 사이에 서서 옷을 걷어 등을 보였다. 더운 열기에 살이 짓무른 데다 땀띠까지 섞여 있어서 붉은 살이 끈적끈적했다. 반장님이 내민 약을 발라주며 물었다.

"방에 가서 편하게 바르시지 왜 여기로 오세요?"

"아이고, 사람들이 볼까 봐 그러지. 다들 걱정하니깐. 법사님 귀에 들어가기라도 해봐. 당장 일 못하게 하실 텐데…. 집에 가라고 돌려보내시면 어떡해?"

'에이, 다들 하루만 일하면 나가떨어지는 통에 공양간은 늘 일손이 부족한데 법사님이 설마…. 괜한 걱정을 다 하시네요' 하려다가 그만두었다. 그렇게 생각이 깊으신 분이 내 짧은 휴식시간을 뺏는 데는 아무 생각이 없으실까 싶어서였다. 내가 지금 이 사람이 미운 게 아니구나…. 아무 말도 하지 못하고 따라와 약이나 발라주고 있는 내 자신이 한심한 거지. 얼마 후, 반장님 등에 연고를 발라주다가 마침 지나가는 법사님을 발견했다.

"법사님, 반장님 등 좀 보세요. 진물이 나고 엉망인데 법사님이 걱정하실까 봐 약도 맨날 구석진 데서 발라요."

나의 외침을 들었는지 법사님이 돌아보자 반장님이 황급히 옷을 내리며 손으로 내 입을 막는 시늉을 했다. 그 행동과 달리 반장님은 사실 자신의 짓무른 등을 법사님께 보여 드리고 싶은 건 아닐까, 말해주기를 바라고 있었던 건 아닐까…. 지금 기쁘지 않을까. 무엇보다 나는 휴식시간을 되찾고 싶었다.

반장님은 잘 때도 내 옆에 자리를 잡았다. 둘만 있을 때는 칭찬을 아끼지 않았지만, 일이 끝나고 회의를 할 때는 업무를 소홀히 했다며 가장 먼저 나를 공격했다. 내가 했어야 한다는 그 일은 들어보지 못한 것이었다. 자신의 위신을 세우는 데 나를 이용한다고밖에 생각할 수 없었다.

"미처 챙기지 못한 부분이 있다면, 이번 일을 계기로 신경 쓰겠습니다."

속상한 마음과 다르게 내 입에서는 매번 같은 말만 흘러나왔다.

크게 핀잔을 들은 어느 날 갑작스레 소임이 바뀌었다. 혹시 징계같은 건가? 혼자 깔깔 거리고 웃는 나를 보고 지나가던 남자가 걸음을 멈췄다.

"오늘부터 그거 하는 거예요?"

눈을 동그랗게 뜨고 서 있는 남자가 말하는 '그거'가 내 앞에 잔뜩 쌓여 있었다. 일명 '똥휴지'라고 불리는 그것이.

"다 태워야 한대요."

"혼자 할 수 있겠어요?"

"태우는 건 문제가 없는데 음, 비닐 안에 들어 있는 것도 아니고 보기가 좀 그러네요."

계속 깔깔거리고 웃는 나를 남자는 쉽게 지나치지 못했다. 드럼통 안에 휴지를 잘 모아 담고는 종이에 불을 붙여 던져 넣었다. 불길이 활활 잘 타오르면 또 다음 통을 비웠다. 휴지 양은 많았지만 불길이 너무 커져도 안 되고, 연기가 많이 피어 올라도 안 되기 때문에 조금씩 넣어야 했다.

"여기서는 숨길 수 있는 게 아무것도 없는 것 같아요."

말끔한 수세식 화장실은 오물의 흔적을 우리가 모르는 곳으로 빠르게 지워버리지만 여기선 그대로 쌓여 있다. 불교에서 말하는 '업'이 이런 것이 아닐까. 눈앞에서 말끔하게 사라지는 것은 아무것도 없었다.

"화장실 푸라고 안 하는 게 어디에요? 그러면 집에 갈려고 했는데….”

내말에 남자는 잘난 체하듯 목소리에 힘주어 대답했다.

“변소는 단기 출가한 분들이 함께 품니다. 변소 푸는 건 삼대가 덕을 쌓아야 할 수 있는 일이라고요. 아무나 할 수 있는 일이 아니라….”

푸핫, 하며 웃음이 터졌다. 그것이 일을 시키는 방식이었다. 어렵고 힘든 일일수록 덕이 있는 사람만이 할 수 있다는.

“그럼 나도?”

내 말에 남자는 흐뭇한 듯 바라보았고, 나는 다른 의미로 웃었다. 무슨 일이든 금세 속도가 붙어서, 다음 날부터 신나게 똥휴지를 태웠다.

*

혼자서 여기저기를 떠돌며 일을 하다 오랜만에 함께 들어왔던 다섯 명과 마주 앉았다. 법사님도 함께였다. 전부 몰골이 말이 아니었다. 선크림을 바르는 것도 잊었는지 다들 얼굴이 새카맣게 됐다. 산비탈에 위치한 절의 이곳저곳을 오르내려서인지 몸무게도 많이 줄어 보였다. 회색 절복은 마치 평생 입어온 제 옷처럼 어울렸다. 별 말 하지 않고도 서로의 모습을 보고 있자니 웃음이 터져 나왔다. 그때 법사님이 입을 열었다.

"각자 자리에서 고생이 많으십니다. 한 명씩 이야기해 볼까요."

이제 이야기하는 것에도 익숙해져 있었다. 일은 이래서 힘들고 사람들은 저래서 힘들고…. 한 사람에서 다음 사람으로 넘어가기까지 시간이 한참이나 걸렸다. 수련을 온 사람들에 대한 불만도 터져 나왔다. 이제 다들 이 절의 주인이라도 된 것처럼 보였다. 법사님의 시선이 나에게 머물자 사람들이 큭큭 웃기 시작했다. 오다가다 나를 보거나 건너건너 고생담을 들어 알고 있었던 모양이다.

"힘들기는 했지만, 새로운 일이 재밌기도 하고 좋은 경험이 되고 있습니다."

내 말이 끝나도 법사님은 계속 나를 뚫어지게 보았다. 아차 싶었다. 그 말은 언제나 해온 말이었다. 기계처럼 따박따박 내뱉었다가 너무 성의가 없어 보일까 싶어 조금 바꿔보기도 했는데 오늘은 너무 힘들어서 또 똑같은 말이 흘러나오고 말았다. 오랜만에 만났으니 힘든 척을 좀 했어야 하는데…. 뭔가 덧붙일 말이 있을까 잠시 생각에 잠겼다.

"수연 법우님이 언제 속마음을 얘기할지 궁금하네요."

"네, 네?"

"극한으로 계속 밀어 붙이겠지만…. 힘들어서 죽겠다는 소리를 할 때도 됐는데 말이에요. 볼 때마다 생글생글 웃고 다니니 참. 어디다 데려다놔야 할지 모르겠습니다."

힘든 일은 죄다 시켜놓고 이제 와서 있어 보이기라도 하고 싶은 건가? 그 말에 의아한 생각이 들었다. 난 언제나 적당히 섞여 있기를 선택했다. 눈에 띄는 행동을 하지 않고, 말도 남들이 다 하는 이야기를 적당히 따라 했다.

생각이 없는 건 아니었다. 절에서 지내는 시간 동안 많은 사람들을 보았다. 누군가는 정말 밉기도 했고, 한 대 때려주면 속이 시원할 것 같은 사람도 있었다. 행동과 말이 전혀 다른 뻔뻔한 사람을 대할 때면 얼굴을 똑바로 보기 힘들어 내내 얼굴을 돌리기도 했다.

하지만 떠날 때는 그들 모두 아쉬워하며 내 손을 잡거나 안아주었다. 처음에는 함께 아쉬워하며 감상에 젖은 그 마음에 기꺼이 응했지만, 시간이 지나자 작별의 시간 동안 혼자 방에 들어가서 쉬는 쪽이 더 마음 편했다. 몸이 힘들기도 했고, 무엇보다 온갖 감정을 다 드러내던 그들과의 헤어짐이 전혀 아쉽지 않았기 때문이었다. 언제나 드라마의 마지막 회처럼 모든 것이 훈훈하게 끝나는 것이 점점 어색했다. 이제 다시 보지 않을 사람들이니 속에 없는 말을 하는 수고가 귀찮았다.

그러고 보니 난 그런 사람이었다. 적당하게 상황에 섞여 있을 뿐 속마음을 꺼내본 적도 없었고, 진심으로 누군가에게 마음을 써본 적도 없었다. 누구도 불편하게 하지 않았지만, 어디에서도 편하지 않은 사람. 시키는 일만 열심히 하면 되지…. 결국 바라는 건 그거 뿐이잖아. 난 법사님 앞에서도 굳게 입을 다물었다.

다음 날, 소임이 대웅전으로 바뀌었다. 대웅전 안에서 사람들이 명상을 하면 그 뒤에 앉아 있는 역할이었다. 대웅전 안은 시원했고, 여름철 소쩍새 소리가 운치를 더해주었다. 명상을 하던 사람들이 쉬러 가면 그때 방석을 햇볕에 뒤집어 놓으면 그만이었다. 이렇게 편한 일이 있었다니. 혼자서 처소를 관리하고, 가파른 돌계단을 오르내리며 불과 싸우고, 무엇보다 어머니들의 권력 다툼 속에서 숨죽이다가 변소를 돌며 똥휴지나 태우던 모습이 떠올랐다.

게다가 쉬는 시간이 되면 대웅전 옆에 있는 방에서 쉴

수도 있었다. 알고 보니 그 일은 오랜 시간 봉사를 오던 사람이나 절에 장기간 머물고 있는 사람들에게나 허락되는 일이었다. 이런 일을 두고 그렇게 고생스러운 곳으로만 돌려놓고 뭐, 나를 극한으로 돌려서 속내를 털어놓게 할 작정이었다고?

¶고라니 울음소리 \

몇십 명이 한 방에서 함께 자고 생활하며 밥도 함께 먹었다. 하루 종일 쉴 틈 없이 맡겨진 일은 좀처럼 혼자만의 시간을 허락하지 않았다. 언제나 다른 사람들의 눈이 있었다. 나를 철저하게 감추고 살아온 나는 건드리기만 해도 눈물을 터뜨리고 자신의 이야기를 쏟아내는 사람들 속에서 점점 나를 숨길 곳을 찾지 못하고 있었다. 꽁꽁 숨겨온 내 이야기, 내 마음…. 자꾸만 비집고 나오려는 모습을 애써 누르며 버티기가 점점 힘들었다. 초라한 모습. 끊임없이 만나게 되는 모습들을 환영할 수 없는 게 가장 큰 어려움이었다.

다 괜찮은 척 하면서 웃고 있자. 모르는 사람들에게 동정을 받겠다고 내 이야기 할 필요는 없어. 어차피 이 시간이 지나면 다시 안 볼 사람들이야. 아니… 내 속을 드러내지 않으니 그 사람들을 다시 볼 수 없을지도 몰랐다.

*

밤이면 머리를 뒤흔드는 고라니 울음소리에 몇 번이나 잠에서 깨곤 했다.

"짐승을 잡는 건가요?"

"아니요, 고라니 울음소리예요."

누군가의 물음에 누군가가 답했다.

고라니는 엄청 순하고 착하게 생긴 동물 아니야? 피를 토하듯 무섭게 울부짖는 울음은 사람들의 머릿속에 떠오른 그 순한 얼굴과 전혀 어울리지 않았다. 하지만 모두가 그런 순한 얼굴을 하고 깊은 밤 혼자 울부짖고 있는지도 모른다. 늦은 밤 혼자서 화장실을 찾아가는 길, 멀리서 들려오는 고라니 울음소리에 걸음을 멈췄다. 비명 같은 그 소리는 끔찍하기도 하고 잔인하기도 해서 몸 여기저기를 갈기갈기 찢어놓는 것 같았다. 한번쯤 그렇게 울부짖는다면 어떨까 하는 생각을 했다. 짐승처럼 울부짖는 모습을 상상해 봤지만 이내 고개를 내젓고 말았다. 내 마음 후련하자고 다 쏟아내버리면 누군가는 상처받을 테니까 차라리 내가 아프고 말자, 생각한 적도 있었다.

참으면 병이 되고, 뱉으면 업이 된다고 했다. 절에 와서 들은 말이다. 나는 업을 짓지는 않았지만 결국 병이 되었다는 사실을 깨달았다. 참지 말고 그저 지켜보라는 말도 떠올랐다. 지나간 시간들 속에 남겨진 상처, 고통 그리고 진한 외로움까지. 어두운 밤, 달무리처럼 주변을 떠도는 그것들을 가만히 지켜보았다. 이젠 다 잊었다고 생각했는데…. 다 지나간 일이라고…. 그런데 모든 것이 그대로 남아 있었다. 그저 견뎌내기 위해 노력한 것뿐인데 그런 내 모습을 스스로 그렇게 미워했다니.

뭐야? 깨달은 거야? 갑자기 훤하게 뜬 달 아래서 눈이 동그랗게 커졌다. 어두운 재래식 화장실에 가기가 무서워 미루다가 터져버릴 것 같은 아랫배를 잡고 결국 방을 나섰다. 하지만 그 사실도 잊은 채 어두운 돌계단에 우두커니 서서 고라니 울음소리를 들었다. 그 소리는 짐승의 우는 소리일 뿐 어떤 괴로움도 고통도 실려 있지 않았다.

¶ 잠깐만 수행을 \

시간은 빠르게 흘러갔지만 절에서의 생활은 익숙해지지 않았다. 달리 수행이라고 말할까. 토요일에도 어김없이 새벽 목탁 소리에 잠을 깼다. 몸은 일어나 요를 접고 있었지만, 잇몸이 얼얼할 정도로 힘이 없었다. 피곤이 극에 달했다. 절 생활에 주 5일은 없었다. 토요일도, 일요일도 변함없는 하루를 보내야 했을 때의 심경은 자포자기에 가까웠다. 그래도 시간이 가면서 달라지는 것도 있었다. 모두들 자기만의 즐거움을 발견한 것이다.

"이게 이렇게 맛있는 거였어요?"

식빵을 잘라 기름에 구워 설탕을 솔솔 뿌린 걸 한 입 베어 물고는 누군가 소리쳤다. 고개를 들자 잇자국이 선명한 식빵을 누가 훔쳐갈세라 쉽게 내려놓지 못하고 있는 사람들이 보였다.

모두 입가에 설탕 가루를 묻히고 즐거워했다. 평소에 당연한 듯 누렸던 것들이 이곳에서는 모두 금지되었다. 힘든 삶을 버티게 했던 즉각적인 즐거움을 전부 놓고 왔으니 처음에는 모두가 혼란스러워 했다. 하지만 시간이 지날수록 사람들은 저마다의 작은 행복에 눈을 뜨게 되었다.

일상의 소소한 행복을 깨닫는 것이 여기 온 이유는 아니라고 생각했다. 누군가를 술에 취하게 만들고, 누군가를 음식에 취하게 만들던, 진통제를 놓듯 짧은 쾌락을 끊임없이 공급하며 감당해야 했던 고통의 실체를 이곳에서 오롯이 마주해야만 했다. 나에게 그것은 가족이었고, 만족스럽지 않은 내 모습이었다. 언제나 도망치고 싶었지만 끈질기게 따라붙던 괴로움. 다 잊고 그저 덮어버리려고만 했던 지난 시간들. 자꾸만 고개를 드는 그것들을 누르기가 점점 힘이 들었다. 어떤 얼굴을 하고 나의 고통과 마주 해야 할지 알 수 없었다.

정신없이 잠자리에 들기 바빴지만 스님의 저녁 법문이 시작되었다는 소식은 듣고 있었다. 매일 밤 9시에 시작되는 법문이 궁금했지만 쏟아지는 잠을 피하기 힘들었다.

전쟁 같은 하루의 끝에 드디어 몸을 요에 눕히는 그 꿀맛 같은 순간을 조금 미루게 만든 것은 밤하늘이었다. 한 달이 지나자 비로소 하늘을 올려다 볼 여유가 생겼다. 별이 무척 많았다. 낮 동안 바쁘게 지나던 발길을 붙잡던 이름 모를 들꽃도 있었다. 여름의 자연은 무척 아름다웠다. 그 아름다움이 큰 위로가 되기 시작했다. 잠시 서서 해가 뜨는 것을 보고, 지는 것을 보았다. 산 중턱에 어둠이 깔리면 하늘에는 별이 가득했다. 원래 취침 시간이 지나면 경내를 돌아다닐 수 없었지만, 스님의 법문이 진행되는 동안에는 자유롭게 오갈 수 있었다. 앉아서 법문을 듣다가 잠이 몰려올 때쯤 밖으로 나왔다.

그날도 꿈결처럼 스님의 목소리가 아득해지고 있었다. 그러다 불현듯 생생한 정신으로 확 잡아끄는 단어가 있었다. 시체를 보면서 수행을 한다고? 사람이 죽으면 그 시체를 땅에 묻지 않고 변해가는 모습을 관찰한다고 했다. 서서히 살아 있을 때의 형체를 잃고 자연으로 돌아가는 모습을 지켜보며 육신의 집착을 버린다…. 여름밤 산속에서 듣기에는 여간 오싹한 이야기가 아니었다. 주변을 둘러보자 다른 사람들의 표정도 굳어 있었다. 몇몇은 벌써 잠들어 있기도 했다.

집착을 내려놓는다는 말이 왠지 마음에 남았다. 절에 들어온 후 계속 뭔가를 내려놓으라고 하는데 도무지 무엇을, 어떻게 내려놓아야 할지 알 수 없었다. 이제 육신에 대한 집착까지 내려놓으라니. 언제나 불만 가득한 내 모습에 괴로워하는 것도 육신에 대한 집착인가. 피와 살을 나눈, 끊으려고 해도 끊을 수 없는 가족이라는 이름에 진저리 치는 것도 어쩌면….

내내 고개를 갸웃거리다가 결국 여느 때처럼 강당을 빠져나왔다. 약한 불빛만 돌계단을 노랗게 비추고 있었다. 대웅전에 올라가 봐야겠다고 생각했다. 살금살금 대웅전 마당에 올라서자 멀리 히말라야시다가 하늘 가까이 뻗어 있었다. 어둠에 묻혀 그림자처럼 윤곽만 뚜렷하게 드러났다. 바람이 불어와 나무를 흔들지 않았다면 그림이라고 해도 좋을 모습이었다. 대웅전이 잘 보이는 툇마루에 걸터앉았다. 고개를 돌리자 반대편 산꼭대기 역시 검은색 윤곽만 드러내고 있었다. 돌산에 가까운 그 산은 한낮에 구름을 걸치고 있으면 뭔가 신비스러운 분위기가 풍겨져 나왔다. 고요함과 아름다움에도 위로받을 수 있다는 것을 조금

씩 깨달아 가고 있었다. 대웅전 안이 깜깜했다. 은은하게
남아 있는 향냄새를 맡으며 반들반들한 나무 바닥 위에 서
있으면 언제나 기분이 좋았다. 나무 냄새도 났다.

버틸 수 있었던 것은 그 밤 산책 덕분이었다. 그 시간 동
안 다시 인간의 모습을 되찾은 것에 안도했고, 어디선가
비집고 나오는 고통의 시간에서도 벗어날 수 있었다.

¶ 집착을 내려놓으면 \

"오빠가 왔답니다."

명상 휴식시간, 뜨거운 태양 아래서 대웅전 방석을 하나씩 뒤집고 있을 때 종무소에서 전화가 왔다.

"전 오빠가 없는데…?"

가파른 비탈길을 내려가면 또 다시 올라오는 수고로움을 피할 수 없으니 확실하게 확인하고 싶었다. 친오빠도 사촌오빠도, 아는 오빠도 없었다. 더군다나 이 산속까지 찾아올 사람은 더더욱.

작은 종이가방을 들고 서 있는 남자가 보였다. 흙길을 밟고 서 있는 까만 구두가 먼저 눈에 들어왔다. 구두 신은 사람을 본 지가 언제였던가. 이제 겨우 한 달 남짓 지났을 뿐인데 내내 산속에 있었던 사람처럼 까만 구두를 신기하게 쳐다봤다. 게다가 8월인데 덥지 않을까. 아는 얼굴이기는 했다. 하지만 아무리 생각해 봐도 여기까지 찾아올 일은 없는 사람이었다.

"절에 갔다고 해서요. 영양제 하나 주려고 왔어요. 많이 힘들 것 같아서….."

게다가 오빠라니. 그는 나보다 어렸다. 아직 여러 가지 생각 속에서 빠져나오지 못하고 가만히 서서 눈만 동그랗게 뜨고 있었다.

"감사합니다. 그런데 일하던 중이라. 원래 면회가 안 돼요."

면회라는 단어에 아차 싶었다. 그것은 우리끼리만 사용하는 농담 같은 말이었다. 가족이나 친구, 연인이 찾아와도 종무소에서는 만남을 허락하지 않았다. 그래서 우리끼리 감옥이나 군대에 비유하며 면회라는 표현을 썼다. 하지만 외부인이 들으면 오해를 할 수도 있어 조심스러운 단어이기도 했다.

"종무소에 뭐라고 했는지 모르겠지만…. 아니, 뭐 감금되어 있는 건 아니고요….."

딱히 누가 감시하는 것도 아니었고, 종무소의 전화를 받고 내려온 터였다. 하지만 그 어색하고 의아한 자리에 더 이상 있고 싶지 않았다.

"이런 건 택배로 보내주셔도…. 아니, 보내달라는 얘기는 아닌데…. 어쨌든 감사합니다."

처소로 돌아와 초록색 알약이 가득 들어 있는 갈색 유리병을 상자에서 꺼냈다. 스피루리라는 다소 발음하기 어려운 이름의 그것을 설명서에 적혀 있는 대로 일곱 알 꺼내서 씹기 시작했다.

"수연 법우, 혼자 뭘 먹는 거야?"

"네, 네?"

"입이 초록색이네. 뭐 맛있는 거 먹어?"

황급히 거울을 들여다보니 입 주위는 물론 입안까지 온통 초록색이었다. 그냥 물에 꿀꺽 삼켜 먹으면 될 것을 이게 뭐야. 정신이 다른 곳을 헤매고 있었다. 아니, 도대체 그 남자는 왜 온 거야?

"시체를 보면서 수행을 한대요. 시체가 하루하루 변하는 모습을 보면서 말이에요."

남자가 보낸 메세지에 이렇게 대꾸했다.

"저도 들어본 적 있는 것 같네요."

나는 이상하게 보이기 위해 최선을 다하고 있었고, 남

자는 그런 나를 이상하게 보지 않는다는 것을 표현하기 위해 최선을 다하는 것 같았다.

"종교가 불교예요?"

"아니요, 군대 있을 때 법문 들은 적이 있어요. 교회나 성당은 초코파이를 주는데 절에서는 김밥을 줬거든요."

그리고 웃는 이모티콘. 아, 이런 게 말로만 듣던 군대 이야기라는 건가? 도대체 무슨 말을 덧붙여야할지 알 수 없었다. 빨리 자고 싶은 마음뿐이었다. 모두들 잠든 밤 혼자 이불을 뒤집어쓴 채 핸드폰을 뚫어지게 보고 있었다.

"불빛이 이불 밖으로 새어나갈 것 같아서…. 먼저 잘게요. 그럼."

*

"그러니까… 내 말 듣고 있어?"

"저요?"

"그래, 수연 법우는 결혼 안 해? 여기 이십 대 아가씨들도 결혼에 대한 고민이 많은데, 혼자 무슨 생각을 그렇게 하는 거야?"

"아…. 생각해 본 적이 없어서."

"너무 고르지 마. 사람이 중요하지 무슨 조건을 그렇게 따지는 거야?"

"그럼, 요즘 사람들 너무 조건을 따져서 다들 결혼하기 힘들다고 하잖아. 우리 때는 밥그릇에 숟가락 젓가락만 있으면 다 살았는데….."

"아니 왜 냉수 떠놓고 절 하라고 하시지요? 때가 어느 땐데 그런 옛날 얘기를 하세요?"

"그런가…. 허허."

결혼을 생각해 본 적이 없다고 했지, 조건을 따져 고르는 중이라고 이야기한 적은 없었다. 하지만 어머니들에게는 그 말이 그 말인지 갑자기 여기저기서 다양한 충고가 쏟아져 나왔다. 사실 그게 더 편하기도 했다. 결혼에 대해 자신이 없다거나, 결혼에 대해 부정적이라거나 나를 좋아해 줄 사람이 없을 것 같다는 이야기를 꺼내는 것보다 까다로운 사람이 되는 쪽이 보기에 나을 것 같았다.

"아니, 여자친구 있다고 하지 않았어?"

다행히 그때 공격의 화살이 나와 나이가 같은, 늘 표정이 없는 그에게로 방향을 틀었다.

"아, 네."

"결혼해야지. 나이가 몇이야?"

"그게, 아직 모아 놓은 돈도 얼마 없고 해서요."

머리를 긁적이며 어색하게 웃고 있는 그를 보자 나까지 어색해지는 기분이 들었다.

"아니, 돈은 둘이 결혼하고 차차 모아가면 되는 거지. 결혼식도 거창하게 할 필요 없어. 둘이 좋아서 연애했는데 그런 게 다 무슨 소용이야. 가족들하고 친구들 불러서 국수나 삶아서 대접하면 그게 결혼식이지. 국수는 우리가 삶아줄게. 어때요?"

툇마루에 앉아 있는 어머니들 사이에서 그럼그럼, 우리가 해주지, 해줄게 하는 소리가 터져 나왔다.

"정말 그래도 될까요?"

어색한 웃음은 이제 함박웃음이 되어 있었다. 그가 그렇게 환하게 웃는 건 처음 보았다. 언제나 무표정한 얼굴 아니면 인상을 쓰고 있던 그를 웃을 수 있게 만드는 단어는 여자친구, 결혼, 국수 같은 것이다. 하지만 우리가 원빈, 이나영이 아니고서야 어떻게 국수만 삶아주는 결혼식을 할 수 있단 말인가.

"수연 법우도 집에 돌아가면 좋은 사람 나타날 거예요."

그때 사람들 사이에서 나이 지긋한 목소리가 들려왔다.

"여기서 봉사도 하고 복을 많이 지었는데… 그럼, 그래 야지…."

어딜 가나 결혼 이야기뿐이었다. 왜 다들 덮어놓고 결혼을 하라는지 이해할 수 없었다. 지금 내 앞에서 서로 얼굴을 마주보고 고개를 끄덕이는 어머니들은 법사님만 만나면 못살겠다고 가슴부터 치는 사람들이었다. 남편 때문에, 시어머니 때문에, 무엇보다 왠수 같은 자식 놈들 때문에 내가 정말 못살겠다고. 나는 언제나처럼 겉으로는 웃으면서, 네, 감사합니다, 라고 말할 뿐이었다.

*

어떤 날은 모든 것이 아버지 때문인 것 같았다. 하지만 자고 일어나면 모든 것은 엄마 때문이었다. 그럴 때면 다 큰 자식이 부모 탓이나 한다며 화내는 엄마의 모습이 떠올랐다. 그래, 모든 건 바보 같은 나 때문이었다. 돈이 없어서였나, 예쁘지 않아서? 더 노력하지 않아서? 더 열심히 살지 않아서인 것 같기도 했다. 이제는 지쳐서 삶에 대한 의욕마저 잃고 있었다.

"뜨거운 불덩어리를 맨손으로 잡고 있어요. 뜨거워 죽겠지요? 스님, 어떻게 놓을까요, 물으면 내가 뭐라고 대답할까요? 그냥 놓으세요. 거기에는 방법도 요령도 없습니다. 그냥 놓아버리면 되는 거예요."

묻고 싶었다. 어떻게 하면 놔버릴 수 있는 건가요?

하지만 그 답을 찾을 틈도 없이 어느 날 엄마에게 문자가 왔다. [큰외숙모가 돌아가셨어. 빨리 집으로 와.] 육신에 집착하지 않아야 하는 이유가 그런 것일까. 모두가 언젠가는 사라져버릴 테니까. 다음 날 아침 일찍 읍내로 나가는 차를 수소문해 놓고 자리에 누웠다. 그때 남자에게 메시지가 왔다.

"잘 지내고 있어요?'"

"네, 내일 집으로 돌아가요."

"갑자기요?"

"외숙모가 돌아가셨어요."

다음 날 아침 종무소에 들러 마지막 인사를 하고 주차장을 벗어나자 멀리 나무 그루터기에 앉아 있는 남자가 보였다. 긴장한 듯 굳은 자세로 앉아 있는 남자는 나를 보자 자리에서 벌떡 일어났다.

"아니, 몇 시부터 여기 앉아 있었던 거예요?"

"그게…. 산에서 내려오다가 호랑이라도 만나면 어떡

해요, 하하."

　남자는 유머 있는 사람처럼 보이기 위해 최선을 다하고 있었고, 나는 남자가 민망하지 않도록 최선을 다해 웃기 시작했다.

　훗날 남편이 된 남자는 그때 얼마나 설렜는지 들떠서 이야기해 주었다. 함께한 시간이 쌓여갈수록 그때 남편이 얼마나 큰 용기를 낸 건지 짐작할 수 있었다. 그건, 나도 다르지 않았다.

2
부

뒤늦게
부부가 되는 법

¶ 가난한 사람들이 부부가 되는 법 \

"여보, 닌텐도 게임기 사도 될까?"

남편의 조심스러운 말투에 눈을 동그랗게 떴다.

"그럼, 그럼. 근데, 그걸 왜 나한테 물어?"

"그냥…. 물어봐야 할 것 같아서."

갑자기 웃음이 터져 나왔다.

"부인이 게임기 못 사게 해서 공기청정기라고 속이고 산다잖아."

"그래서 물어봐야 한다고 생각한 거야? 고맙습니다, 우리 남편. 물건이 너무 커서 집에 둘 곳이 없는 게 아니라면 알아서 해요."

남편의 월급이 얼마인지 알고 있었다. 한 달에 얼마나 버는지 직접적으로 물어본 적은 없지만 대략 짐작하고 있었고, 결혼하고 나서 각종 서류를 떼다가 구체적으로 알게 됐다. 다른 사람들의 이야기 속에서 들어본 월급보다는 확실히 적은 금액이었지만 불규칙한 내 수입에 비한다면 나은 형편이었다. 남편은 특별한 취미가 없었고 술, 담배를 하지 않았으니 결혼 전 부모님과 함께 살 때는 자신의 월급에 전혀 부족함을 느끼지 않았을 것이다.

하지만 결혼을 하고 나서 이야기는 달라지지 않았을까. 내 권유로 가입한 실비보험도 있고, 부모님과 살 때는 내지 않았을 생활비와 각종 공과금, 자동차 할부금도 남아 있을 것이다. 거기에다 각종 경조사와 부모님 선물, 용돈까지. 생각만 해도 숨이 찼을 것이다. 남편도 자신이 그 모든 것을 감당해야 한다고 생각했을 때 겁이 나지 않았을까. 첫 명절, 남편이 친정 부모님께 드리라고 내미는 용돈을 차마 받을 수 없었다. 그 돈이 남편 월급에서 차지하는 비율을 생각하니 달리 보였다. 행복하자고 한 결혼인데 누구 한 사람이 경제적인 부담을 다 짊어질 필요는 없다고 생각했다.

"웬만하면 반씩 부담하고, 각자 부모님은 각자 챙기기로 하자. 내 부모님 용돈까지 당신이 부담할 필요는 없어.

그러다가는 당신 기름값도 없겠다."

　많이 들었던 이야기 중 하나가 남편이 돈을 벌면 부인에게 전부 가져다줘야 한다는 것이었다. 그 돈으로 알뜰살뜰 살림도 하고, 부모님 용돈도 드리고 재테크도 해야 되는 거라고. 하지만 난 고개를 저었다. 한 달 내내 고생해서 번 돈을 몽땅 가족을 위해 내놓으라고 할 생각은 전혀 없었다.

　"남편이 시부모님한테 용돈도 팍팍 드리고, 술 먹고, 사고 싶은 거 다 사고 그래도 상관없다는 말이야?"

　"자식이 부모 용돈 많이 드린다는데 내가 뭐랄 것도 아니고, 자기 하고 싶은 거 있으면 좀 쓸 수도 있는 거지. 고생해서 벌었는데 그것도 못해?"

　"뭐야, 이 세상 물정 모르는 소리는."

　돈을 많이 벌 수 있다면 좋겠지만 그렇지 못한 경우가 더 많다고 생각했다. 돈을 번다는 것이 어디 마음처럼 쉬운 일인가. 지난 시간을 돌아보면 나 역시 돈을 벌기 위해 치열하게 노력해 왔다. 아침부터 밤까지 일을 했으니 게으르다는 말보다 재능이 없다는 표현이 더 맞을지도 모른다. 손가락 사이로 빠져나가는 모래처럼 돈은 내 곁에 머물지 않았다. 내가 해봤는데 안 되는 걸 다른 사람한테 쉽게 바랄 수는 없다.

가난해도 결혼은 하고 싶었다. 그래도 되는 걸까? 결혼 이야기를 어렵게 꺼낸 남편은 모아놓은 돈이 많지 않아서 입이 떨어지지 않는다고 했다. 둘 다 가진 것이 없고, 양가 부모님의 지원은커녕 당신들 노후 준비조차 제대로 안 되어 있는 형편이었으니 그럴 만도 했다. 하지만 용기를 내고 싶었다. 내내 뜨악하는 얼굴로 쳐다보는 친구에게 묻고 싶었다.

"왜 결혼하면 더 좋은 집에서 살아야하고, 더 좋은 차를 타고, 다 갖추고 살아야 하는 거야?"

"세상 물정 모르는 소리 좀 하지 마. 그러려고 결혼하는 거야. 안정되고 행복하게 살려고 결혼하는 거라고."

*

가난하다고 해서 외로움을 모르겠는가
너와 헤어져 돌아오는
눈 쌓인 골목길에 새파랗게 달빛이 쏟아지는데.
가난하다고 해서 두려움이 없겠는가
...

78

가난하다고 해서 사랑을 모르겠는가
내 볼에 와 닿던 네 입술의 뜨거움
사랑한다고 사랑한다고 속삭이던 네 숨결
돌아서는 내 등 뒤에 터지던 네 울음.
가난하다고 해서 왜 모르겠는가,
가난하기 때문에 이것들을
이 모든 것들을 버려야 한다는 것을.
<가난한 사랑 노래> 신경림

"좋아하는 사람하고 같이 살려고 결혼하는 거야. 어차피 결혼 안 하고 혼자 살 각오도 했었는데 뭘⋯. 설마 둘이 살면 혼자 사는 것보다 못하겠어?"

불같은 사랑은 아니었다. 그 사람이 아니면 안 된다는 폭발하는 감정으로 물불가리지 않는 마음도 아니었다. 그저 따뜻한 마음을 가진 사람과 소소한 일상을 공유하고 싶은 것이 전부였다. 그것이 결혼의 본질이 아닐까 생각했다. 사랑하는 사람과 함께 있는 것 말이야. 내가 결혼으로 얻고 싶은 건 그것뿐이라고.

내 생활을 내 힘으로 유지할 수 있다면, 남편의 생활을 남편의 힘으로 유지할 수 있다면 가난한 사람들도 부부가 될 수 있다고 믿었다. 결혼도 결국은 '자립'의 과정 아닐까. 배우자에게 바라는 건 경제적 지원이 아니라 '정서적 지지'라고 믿었다. 나 역시 남편이 보내주는 열렬한 지지로 나를 돌아보고, 나를 더 사랑할 수 있게 되었으니까.

미니멀리즘이 유행하기 훨씬 전부터 《무소유》를 옆구리에 끼고 '와비사비'라는 알쏭달쏭한 말을 내뱉고 다녔다. 불필요한 물건은 사지 않았고 능력을 넘어서는 소비는 결코 하지 않았다. 하지만 결혼을 하고 나니 이런 선택은 어려운 형편에서 기인한 행동으로 치부되기 일쑤였다.

돈 아끼지 말고 그냥 사. 내가 사줄까? 그때 깨달았다. 내 주변 사람들이 모든 걸 돈과 연결하는 사고를 멈춘다면 가난한 사람들도 행복한 부부가 될 수 있을 것이라고.

¶ 반반 결혼과 해야 할 도리 \

처음 시부모님께 인사를 드리던 날, 긴장된 마음을 가라앉히기 힘들었다. 어쩌면 결혼 전 친구 같던 남편과의 소소한 만남에서 느끼지 못했던 결혼을 실감하는 순간이었다. 나보다 조금 앞서 결혼을 했던 누군가는 그랬다.

"처음 인사를 드리러 간 날, 시어머니가 제 손을 꼭 잡고 눈물을 글썽거리시더라고요. 어디 있다가 이제 왔냐고…. 반갑다 하시는데 마음이…."

아니 아니, 그 이야기를 지금 떠올리는 건 적절하지 못하다. 나는 고개를 세차게 흔들었다. 늦은 나이에 결혼한다고 다 그런 것도 아니고, 내 경우가 꼭 그럴 거라는 보장이 없는데 괜히 비교하는 마음만 생길 수도 있으니까.

"첫인사 날, 예비 시어머니께서 저를 위해 꽃다발을 가져오셨어요. 꽃다발에는 '환영한다'라는 메시지가 적혀 있었고요. 완전 감동했어요….”

　이해할 수 없었다. 왜 이런 이야기들만 떠오르는 걸까? 십여 년 전에 비해 시어머니와 며느리의 모습이 많이 바뀐 것은 주변에서 느끼고 있었다. 하지만 이렇게 훈훈한 모습이라니.

＊

　토요일 오후, 한 식당에서 이른 저녁을 먹기로 해서 오전에 예비 시댁으로 꽃바구니를 보내드렸다. '꽃'은 첫인사 선물로 뭐가 좋을지 핸드폰 화면이 뚫어지게 검색하고 주변의 의견도 묻고 난 후의 결정이었다. '미리 시댁으로 보내드린' 건 꽃을 좋아하실지 확신이 없었기 때문이다. 또, 혹시나 나를 마음에 들지 않아하시면 댁으로 돌아가실 때의 꽃바구니 무게와, 들고 가야하는 번거로움까지도 흠이 될 것 같아서였다. 나는 사실 생각이 많은 성격이다.

　“가볍게 꽃다발을 들고 가지 그랬어?”

　“꽃다발보다 꽃바구니가 오래가니까. 꽃다발 드렸는데 마땅한 꽃병이 없으면 또 난감하잖아. 물도 자주 안 갈아주면 시들어버리는데 그게 흠이 될 것 같단 말이야….”

언니는 난생 처음 보는 희귀한 것이라도 보듯이 나를 쳐다봤다. 시아버지는 토요일에도 일하고 온다고 고생했다는 말을 먼저 건네는 무난한 분이셨고, 시어머니는 연세에 비해 가냘프고 곱다는 표현이 어울리는 분이셨다. 편하게 대화를 이끌어 주시거나 인자한 미소를 기대했지만 '새침한' 분위기에 더 가까웠다.

"형욱이는 처가에 가서 거하게 한상 받고 왔다고 자랑을 하던데, 우리도 어디 좋은 식당으로 갈 걸 그랬나."

하시는 말씀에는 내용과 다르게 예비 처가에 대한 고마움도, 동네 식당에 마주앉은 민망함도 전혀 느껴지지 않았다. 오히려 약간 비아냥거리는 느낌마저 느껴져서 무척 당황스러웠다.

"꽃바구니 고마워요."

이 말을 끝으로 시어머니는 궁금해하는 것도 없으셨고 결혼 계획에 대해서도 별 말이 없으셨다. 시어머니께서 하신 말씀은 그저 음식에 대한 못마땅함을 표현하는 것이 대부분이었다. 딱 한 번 빠른 시일 내에 집을 함께 구해서 살다가 결혼식을 하겠다는 말에 결혼식을 하고 같이 살지 그러냐, 고 하셨다. 시어머니는 음식에 거의 손을 대지 않으셨고 그렇게 별말 없이 첫인사 자리는 끝이 났다.

그리고 얼마 후 양가 부모님이 만나게 되었다.

"시어머니가 상견례 때 떡을 해가지고 오셨더라구요. 너무 좋아서 빈손으로 올 수 없으셨다면서 내내 '고맙다, 고맙다' 하시는데 저희 부모님도 좋아하시고 분위기가 훈훈했어요."

이리저리 떠오르는 생각들을 애써 지우면서도 다들 나한테 거짓말만 하는 거 아닐까? 하는 생각만은 지울 수가 없었다. 그때 친정아버지는 나를 가리키며 "쟤는 원래 뭐든 알아서 잘 합니다. 지금까지도 지가 다 알아서 했어요." 라고 말하며 허허 웃었다. 친정아버지가 상견례 자리에 나와준 것만으로 감사해야 할 지경이었다. 도무지 딸자식 결혼에 관심이나 있을까. 그럼, 지금까지 내가 다 알아서 했지요. 그걸 아시다니 다행이네요. 친정아버지가 대화를 주도했고, 그 대화의 주제는 결혼을 벗어난 지 오래였다. 엄마는 내내 입을 다물고 앉아 있는 예비 사부인에게 회접시를 살짝 밀어주며 음식을 권하셨다.

"사부인도 좀 드세요."

"아…. 회는 그저 산지에서 먹어야 그나마 먹을 수 있는

데, 영 형편없네요. 자리도 좁은데 치우라고 할까요?"

엄마는 순간 당황한 듯 말이 없었고, 침묵을 긍정이라고 생각했는지 시어머니는 점원을 부르려 했다. 중간에서 그 모습을 보다 나도 모르게 젓가락을 들어 회를 입으로 가져갔다. 날생선을 잘 먹지 못하는 평소 식성을 생각한다면 나도 내 행동을 이해할 수 없었다. 여전히 아버지는 알 수 없는 소리를 혼자 떠들고 있을 뿐이었다. 빨리 끝났으면 좋겠는데…. 그렇게 상견례 자리도 끝이 났다. 결혼식과 미래에 대한 그 어떤 이야기도 테이블 위에 올려지지 않은 채.

"지들끼리 알아서 재미나게 잘 살면 그만이지요."

그렇게 말씀하신 시어머니는 음식에는 손도 대지 않으셨다.

*

시어머니는 함께 외식을 가도 숟가락으로 국물을 휙휙 젓고만 있거나, 젓가락으로 음식을 들었다 놨다 하는 것이 전부였다. 음식에 대한 타박이 이어졌다. 신혼 초에는 밖에서 음식을 못 드시는 시어머니를 보면서 어찌할 바를 몰라 난감해하기도 하고, 눈치 없이 열심히 먹고 있는 내가 밉살스러워 보일까 얼른 숟가락을 놓기도 했었다.

"아직도 헷갈려. 자기가 워낙 아니라고 하고, 나도 안 좋은 방향으로 생각하기 싫어서…. 첫인사 때나 상견례 때 음식 타박만 하신 건 내가 마음에 안 들어서라기보다 어머님께서 워낙 음식 솜씨가 좋으셔서 그러신가 보다 하고 말이야. 그렇지만…."

하지만 시간이 흐를수록 결국 시어머니가 나를 마음에 안 들어하는 것으로 결론을 내릴 수밖에 없었다. 신혼 초부터 시어머니께서 직접해 주신 음식을 먹을 기회가 없었다. 신혼여행에서 돌아와 양가에 인사를 다니는데 친정에서는 한정식집을 예약해 두었다고 하셨다. 평소 가족들과 그런 곳을 함께 다닌 기억이 거의 없어 의아해하자, 엄마는 얼마 전 딸을 시집보낸 지인이 추천해 줬다고 하셨다. 첫인사 올 때는 집에서 대접했으니, 이번에는 괜찮은 한정식집에서 대접하는 게 좋아 보일 것이라는 이야기였다. 가격도 가격이지만 첫인사 때처럼 며칠간 고민했을 엄마를 생각하니 가슴이 뭉클했다.

다음 날은 시댁에 인사를 드리러 갔다. 빈손으로 찾은 친정과 달리 신혼여행지에서 산 선물 꾸러미를 양손에 든 채였다. 일정이 짧아서 선물을 살 시간이 많지 않아 일단 시부모님 선물만 샀다. 시댁에 가니 작은 상에 밥이 차려져 있었다. 시어머니가 처음으로 차려준 밥상이었다. 그렇다 하더라도 어느 며느리가 마음 편하게 앉아서 받아먹을 수 있겠냐만은, 종종거리며 부엌과 식탁을 오가도 마땅히 나를 음식이 없었다. 국, 김치, 마른반찬, 전 정도가 전부였다. 원래 간단하게 드시는 거라고 생각했다. 젓가락을 들던 시아버지께서 "이제 며느리 밥 얻어 먹어보자" 하며 웃으셨다. 시댁에서 처음으로 젓가락 한 번 들었을 뿐인데 벌써 내 차례가 온 것이다. 밥이 어디로 들어가는지 정신도 없을 때라 시어머니의 음식 솜씨를 눈치채지 못했다. 이어진 명절에도 시댁을 찾았지만 밥을 먹지는 못했다.

"음식은 금방 해야 맛있으니깐…. 애들이 저녁에 온다고 해서 아직 안 했지…."

시어머니 입에서 나온 '애들'은 남편의 누나들, 즉 형님네 가족이었고 '없다'는 말을 하실 때는 민망하신 듯 약간 천장을 바라보셨다. 의아할 정도로 내게는 아무것도 주지 않겠다는 의지가 확고해 보였다.

결혼 전에는 명절 당일을 빼고 연휴에도 일을 했었다.

남편과 함께 살게 된 후에도 시간은 좀 줄이더라도 명절에 일을 할 수 있다는 걸 미리 의논했다. 제사도 없고 누나들도 친정에 자주 오기 때문에 특별할 것도 없다는 것이 남편의 이야기였다. 그래서 깊게 생각하지 않았다.

그것이 실수였다. 아마도 며느리를 맞은 첫 명절인데 당일이 되어서야 얼굴을 내미는 며느리에게 시어머니는 밥 한 숟가락도 주기 싫으셨던 것 같다. 반반 결혼이라는 건 너희들끼리나 하는 얘기고, 명절에는 며느리 도리를 해야지 하는 생각이셨던 걸까. 그때 남편이 이제 친정에 가야 한다고 자리에서 일어났다. 냉랭한 공기만 흐르는 시댁에서 별 수 없이 남편을 따라 스르륵 일어났다.

코로나19가 터지고 나서, 명절이 되어도 아이가 있는 형님들은 친정에 올 수 없었다. 가까이 계시는 형님만 혼자 친정에 오셔서 음식을 챙겨가던 날이었다. 그때, 큰 반찬통이 탑처럼 높게 쌓여 있다가 가방에 담겨 형님 손에 주렁주렁 매달리는 모습을 보았다. 반찬통마다 각종 전, 튀김이며 불고기, 잡채, 나물 등 명절 음식과 밑반찬이 가득했다. 여전히 당일에만 시댁에 얼굴을 내밀고 있는 나는 첫 명절 이후에도 밥을 먹지 못하거나, 친정에 갔다가 형님들이 오시는 저녁에 밥을 먹으러 다시 오라는 말만 들을 뿐이었다. 시어머니가 명절 음식이 담긴 반찬통 하나를 손에 쥐어주시는 일은 당연히 없었다. 그때 깨달았다. 시어머니는 처음부터 반반결혼 타령이나 하며 '결혼의 예'를 다하지 않는 내가 며느리로서 마음에 들지 않은 것이라고. 그래서 분신과도 같은 당신의 음식을 절대 내어주고 싶지 않은 것이라는 사실을 말이다.

*

"그걸 반반 결혼이라고 하던데, 들어본 적 있어?"

"양념 반 후라이드 반이냐? 치킨도 아니고 반반결혼은 또 무슨 소리야?"

"예전에는 결혼하면 시댁에서 조금이라도 도와주는 분위기였잖아. 하지만 내 눈에 시댁은 아들을 도와줄 여유가 전혀 없어 보이더라고. 그래서 우리는 딱 우리 둘이 힘을 합쳐서 형편에 맞게 살기로 한 거지."

"착하네. 부모님 등골 빠지게 안 하고."

"우리 시부모님도 그렇게 생각하실 줄 알았어. 근데⋯."

"근데?"

"그게 뭐랄까? 좀 섭섭하셨나 봐."

"못 받은 것만 섭섭해하신다, 그 말이야?"

"그보다 시어머니, 며느리의 역할 같은 게 있잖아."

"아, 지금 시어머니께서 예의 그 시어머니 역할에만 너무 몰입해 계시는구나. 네가 바보지. 다른 사람은 뭐 몰라서 그 복잡하고 쓸데없는 절차 다 챙겨서 결혼하는 줄 알아? 원래 받을 거 다 받고, 너도 네 할 도리 열심히 해야 사는 게 편한 거야. 너는 아무것도 받은 게 없는데 며느리 도리 할 필요 있겠냐 생각하겠지만 그렇게 간단하게 생각할 일이 아니라고."

"반찬 하나 안 주실 만큼 마음을 안 여시면서 며느리 도리는 바라시는 게 섭섭하다는 거지. 물질적인 게 아니라 인간적으로 섭섭하단 말이야."

"백날 남편이랑 똑같이 반반 힘 합쳐서 산다고 해봐라. 잘했다, 고생한다 하는지. 시어머니 입장은 그런 거랑 상관없어. 며느리는 그냥 며느리인 거야."

¶ 아들 키운 값 \

신혼여행을 다녀오는 길에 사 온 선물을 시부모님 앞에
내밀었다. 선물을 고르면서 머리를 수도 없이 쥐어뜯었던
기억이 났다. 남편이 종이가방에서 그것들을 꺼내는 모습
을 보는 내내 가슴이 콩닥거렸다.

간단하게 결혼식을 올리고 신혼여행만 가자고 했다. 결
혼식 전에 이미 일 년 가까이 함께 살고 있었기에, 결혼식
날 아침은 별다를 것 없이 그저 가족 모임에 가는 기분이
었다. 하지만 신혼여행은 우리가 함께하는 첫 휴가이자 해
외여행이었다. 당연히 모든 준비는 신혼여행에 맞춰져 있
었다. 신혼여행을 가기 위한 휴가를 위해 결혼식을 한다는
농담까지 했다. 길지 않은 일정이었지만 챙겨야 할 것이
한도 없이 느껴졌고, 거의 자유여행이라 도서관에서 여행

지에 관한 책도 빌려 읽었다. 하지만 여행 내내 시부모님 선물만큼은 생략할 수 없다는 생각이 들었다.

"요즘은 좋은 물건이 흔하고 웬만한 건 이미 어른들도 다 갖고 계시는데 뭐. 짐만 늘고, 마음에 드실 만한 걸 고르자면 시간도 많이 들 거야. 됐어."

이렇게 말하며 자연스럽게 친정 부모님 선물은 생략해 버렸다. 하지만 며느리 입장이 되면 이야기가 달라진다. 무엇을 사야 할지도 모르겠고 무엇보다 시부모님의 취향을 전혀 알 수 없으니 난감하기만 했다. 오롯이 시부모님 선물을 찾아 헤매며 정처 없이 하루를 떠돌아야 했다.

"평소에 아버님, 어머님이 뭘 좋아하시는지 모른다는 게 말이 돼?"

시간이 갈수록 초조해하는 나를 보면서 뒷머리만 긁적이던 남편은 결국 '그냥 대충 사라'고 했다. 마음에 안 들어 하시면 선물을 안 드리는 것보다 더 못한 거 아니야? 어머님은 까다로우시잖아… 라고 말하려다가 그만두었다. 우리 엄마 전혀 안 까다로운데… 할 것이 빤하기 때문이다.

"기념품은 어때? 열쇠고리 같은 거 말이야."

좋은 생각을 해낸 자신이 기특한지 함박웃음을 짓는 남

편을 보며 생각했다. 그럴 수만 있다면 얼마나 좋을까? 여행 다녀온 기념이에요, 어머님, 하며 짤랑거리는 열쇠고리를 내미는 날이 왔으면 좋겠다고 생각했다. 그렇게 애타는 마음을 겨우 누르면서 쇼핑몰을 돌고 또 돌았던 그때가 떠올랐다.

"고맙다. 뭐 이런 걸 다. 돈도 없었을 텐데…."

비싼 건 아니었지만, 조금 무리해서 괜찮아 보일 만한 가방과 옷을 골랐을 때 비로소 안도할 수 있었다. 하지만 시댁은 내 짐작과 달리 수준이 높았다. 여유롭게 사는 딸이 셋이나 있는 시부모님의 눈이 높은 건 어찌 보면 당연한 일이었다. 시어머니의 말에 긴장이 조금씩 풀려갈 때쯤 시아버지가 입을 여셨다.

"고맙기는. 아들 잘 키운 값이지. 안 그러냐?"

흐뭇하게 남편을 보며 웃는 시아버지는 내가 작은 밥상 앞에서 숟가락을 들자, 이제 며느리가 하는 밥 먹어보자고 하셨다.

*

절에서 내려와 일상으로 돌아왔을 때 너무 편해서 몸이 근질거릴 정도였다. 그래서 일을 마치고 운동 삼아 야간 산행을 가기로 했다. 절에서 보았던 밤 풍경을 잊지 못한 이유도 있었다.

"어, 나도 야간 산행 좋아하는데…. 따라 가도 돼요?"

"아, 일이 늦게 끝나서 9시 돼야 출발할 수 있는데…."

"어차피 동넨데 뭐 어때요?"

"아니, 많이 다녀보신 것 같은데 저는 산에 잘 못 올라가거든요. 따라와도 지루할 텐데…."

야간 산행을 좋아한다는 남자는 산 초입에서 거의 사색이 되어 있었다. 둘 사이에 대화는 없었다. 둘 다 숨쉬기조차 힘들었기 때문이었다.

"땀샘이 폭발했나 봐요."

남자의 머리 위에만 비가 내리는지 얼굴에 땀이 주룩주룩 흐르고 있었다. 놀란 얼굴의 나를 보고 남자는 쑥스러운 듯 웃고 있었다.

"야간 산행 좋아한다더니 해보신 건 맞아요?"

대낮처럼 불을 밝힌 그 산은 야간 산행 명소로 인기가 있는 곳이었다. 많은 사람들이 성큼성큼 우리를 앞질러 가고 있었다. 한쪽으로 비켜서서 잠깐 쉬는 사이, 남자가 메고 있던 가방을 열어 물을 꺼냈다. 열린 지퍼 사이로 가방

안에 빽빽하게 들어찬 생수병이 보였다.

"아니, 물을 몇 병이나 들고 온 거예요?"

"아…. 목마를 텐데 물 드세요."

남자가 뚜껑을 열어 생수병을 내 앞에 내밀었다.

"제가 마신 건 제가 들고 갈게요."

"아니에요. 아니에요."

나는, 한사코 내 물병을 뺏어서 가방에 넣고 앞장서는 남자의 등에 손을 뻗었다.

"어… 어…."

가방을 손으로 잡자 남자가 휘청했다.

"아니, 이렇게 무겁게 메고 오신 거예요? 이거 메고 가다가 뒤로 넘어지기라도 하면 어쩌려고요."

"아닙니다. 아닙니다."

남자는 급하게 몸을 돌리고 산에 오르기 위해 안간힘을 쓰고 있었다.

"본인 몸도 가누기 힘들어 보인다구요…."

다음 날도, 그 다음 날도 남자는 생수가 가득 든 가방을 메고 나타났다. 쉴 때마다 가방에서 물을 꺼내 내밀고는 옆에 서서 부채를 힘차게 흔들었다.

"아, 제가 더워서….."

하지만 남자의 말과 달리 바람은 나를 향해 불어오고 있었다. 나는 꿀떡꿀떡 물을 마셨다. 그의 고집을 꺾을 수 없었다. 그저 물을 많이 마시는 것만이 가방의 무게를 조금이나마 덜어줄 수 있는 유일한 방법이었다. 야간 산행을 즐긴다는 남자는 언젠가부터 운동 코치처럼 옆에 붙어 서서 물을 주고 부채로 바람을 일으켜주었다.

"지금 나, 운동 시키는 거야? 선수 키우는 거냐고?"

"아니, 아니."

"사람들이 쳐다볼까 봐 민망해. 내가 어디 운동이라도 하게 생겼으면 또 몰라. 아, 부끄럽게."

"뭐, 어때서? 힘들잖아….."

'땀 뻘뻘 흘리는 '누구'보다는 괜찮거든요.'

시부모님을 보며 그때의 남편이 떠올랐다. 나를 위해 무거운 가방을 웃으면서 메고 오던 남편을, 나를 격려해주던 남편 말이다. 그 마음을 잃고 싶지 않았다. 그렇다면 시부모님께도 잘해야 하는 건데…. 시아버지의 말대로 '값'을 내야 하는 것이 아닐까. 하지만 그 말은 마음에 무겁게 내려앉고 말았다. 살면서 힘들었던 순간마다, 세상에 태어나 살고 있는 값을 내는 것 같았다. 살아간다는 것이 빚이 쌓이는 것처럼 느껴질 때가 있었다. 그때가 바로 그런 기분이었다.

"내일 하루 더 쉰다고 했지? 그럼 어른들께 인사드리러 가자."

"하루는 쉬고 싶은데. 그리고…."

그때 남편이 의아한 얼굴로 끼어들었다. 그가 생략한 말 속에는 도대체 어른들이 누구냐는 의문도 포함되어 있는 것 같았다.

"아니, 폐백을 안 해서 말이야. 여기 큰아버지네하고, 저기 큰어머니한테 절도 못하고 갔잖아."

시어머니는 손가락으로 허공을 가리키며 '여기' '저기'를 짚고 있었다.

"절도 하고 내일 찾아가 봐야지."

"네."

"그리고 너희들 말이야."

어머님의 얘기가 끝나자마자 뭐가 생각났다는 듯이 아버님이 급하게 말을 이었다.

"할머니 산소에도 가서 인사드려야지. 형욱이도 기억

나지? 할머니가 너를 얼마나 예뻐하셨냐?"

남편의 얼굴을 쳐다보고 있던 아버님은 잠시 옛 생각에 잠긴 듯 얼굴에 희미한 웃음이 번져나갔다.

"너희 엄마가 말이야, 딸 셋 낳고 더 안 낳겠다고 했을 때 할머니가 난리가 났었어. 당신도 기억나지?"

"아이고, 왜 기억이 안 나겠어요."

어머님은 말이 끝나기가 무섭게 손으로 이마를 짚더니 자리에서 일어나버렸다.

"아마 할머니가 아니었다면 형욱이는 세상 구경도 못 했어. 그러니까 너희가 꼭 인사드리러 가야한다. 알겠지."

*

"그래, 뭐⋯. 형욱이가 돈도 잘 벌고 하니까 걱정 없다. 둘이 잘 살거라."

지방에 잠깐 내려갔다가 절 받으러 왔다면서 허겁지겁 현관문에 들어서는 둘째 큰아버지는 나와 남편을 보자 소파 앞에 자리를 잡고 앉았다. 몸을 돌려 둘째 큰어머니를 보자 시어머니와 나란히 서 있던 둘째 큰어머니는 손을 크게 내젓고 있었다. 부모님께도 해본 적이 없는 절을 얼굴도 모르는 누군가에게 공손하게 올리고 있는 내 모습이 낯설기만 했다. 등을 꼿꼿하게 세우고 고개를 끄덕이던 둘째 큰아버지는 그 한마디를 던져놓고는 이내 자리를 떴다.

"아이고, 아들 장가보내는 게 보통 일이 아니지? 고생 많았겠네. 우리 형욱이가 착실하게 돈 많이 모아놨나 보네. 이렇게 소리 소문도 없이 장가를 가고 말이야. 요즘은 아들 장가보내는 게 보통 일이 아니잖아. 안 그래?"

"네, 그렇죠."

둘째 큰아버지와 시아버지가 사이가 좋지 않은 터라 그 자리에는 시어머니만 함께였다. 나와 남편은 말없이 앉아, 시어머니와 둘째 큰어머니가 나누는 대화를 듣고 있었다. 시어머니는 단 한 번도 애들이 지들끼리 알아서 했다 라든가, 둘이 조금씩 합쳐서 그럭저럭 살기로 했다 라든가, 시부모님께서는 가만히 앉아 있다가 부조금만 챙기셨다는 이야기는 절대 하지 않았다.

결국 남편은 돈도 많이 버는 데다가 돈을 착실하게 모아 결혼한 착한 아들이 되었고, 시부모님은 장가보내기 힘든 세상에 주위에 아쉬운 소리 한번 안 하고 큰일을 치른 어진 부모님이 되었다. 그 옆에서 나는 아무것도 안 한 며느리가 되어 있었다. 괜스레 둘째 큰아버지에게 올린 절이 아깝다는 생각이 들었다. 폐백이었다면 받았을 절값도 당연히 없을 뿐만 아니라 테이블 위에는 차 한 잔도 없이 깨끗하기만 했다. 시댁에서 며느리는 손님이 될 수 없었다.

다음은 차를 타고 더 가야 했다. 오는 동안 내내 시어머니에게 말을 걸던 나도 입을 다물었다. 한 군데가 더 남았다는 생각에 마음이 편하지 않았다. 첫째 큰아버지는 몇 해 전에 돌아가시고, 나와 남편, 시어머니를 맞아준 건 혼자 있는 첫째 큰어머니였다. 절은 하지 말라고 하셨다. 배고플 테니 얼른 밥 차리겠다고 부엌으로 들어가기가 바빴다. 겨우 부엌에서 첫째 큰어머니를 끌어내다시피 한 시어머니의 눈짓에 나와 남편이 얼른 절을 했다.

"아이고 그래, 네 엄마가 아들을 낳았다고 그렇게나 좋아하던 모습이 눈에 선한데 벌써 이렇게 장가를 갔구나."

"형님도 참. 별소리를 다 하시네요."

"그때 얼마나 좋아했어, 응?"

"형님은 그걸 여태 잊어버리지도 않으셨어요?"

"형욱이를 낳고 너희 어머니가 그렇게 좋아했어."

첫째 큰어머니는 감격스러운 얼굴로 나를 보며 연신 자신의 손을 마주 잡았다.

"내가 다 눈물이 나던데 어떻게 잊어. 맛있는 거 시켜줄게. 여기까지 왔는데 저녁 먹고 가야지. 새사람이 들어왔는데 밥 먹여서 보내야 마음이 편하지."

남편을 보았다. 누나 셋에 막내아들이라는 말에 엄청 귀한 아들이구나, 라고 했었다. 쫄따구지 뭐, 귀한 아들 무슨. 손사래를 치던 남편은 지금 무슨 생각을 하고 있을까. 나이 터울도 고만고만한 딸 셋을 내리 낳고 더 이상 아이를 낳지 않겠다고 했을 때 시어머니의 시어머니가 난리를 쳤다고 했다. 시아버지는 할머니가 아니었다면 세상에 없었을 남편에게 산소에 찾아가서 감사 인사를 올리라고 했지만, 아들을 낳으라고 다그치는 할머니가 시어머니에게는 어떤 존재였을까. 감정 표현이 거의 없으신 어머님이 아들을 낳고 춤이라도 출 듯이 기뻐했다니…. 도저히 머릿속에 그려지지 않았다.

시할머니도 며느리였고 시어머니도 며느리였고 나도 이제 며느리가 되었다. 하지만 며느리가 되고 싶지 않기도 했다.

*

"맨날 남의 집 일에 여자들만 난리라니…."

"응? 뭐라고?"

"아니…. 아무래도 어머님한테 치러야 할 아들 키운 값은 비쌀 것 같아서 말이야…."

"그게 무슨 소리야?"

"너무 귀한 아들이랑 결혼한 거 같단 말이지. 어제 큰어머니가 하신 말씀 기억 안 나?"

"난 우리 집 심부름꾼이었다니까, 무슨 소리야."

"혹시 어머님은 아들 장가보내기 싫으셨던 거 아니야? 어머님이 여보한테 결혼하라고 하신 적 있어?"

"음…. 아니, 없었던 거 같은데."

"진짜? 보통 부모님들은 결혼 얘기 다 하시지 않아? 서른만 넘어가도 다들 걱정하신다는데."

"잘 몰라서…. 우리 집은 안 그랬어."

"형님들 다 일찍 결혼하신 걸 보면 어머님은 아무래도 아들은 평생 데리고 살고 싶으셨나 보다."

"그래?"

"아니면 나한테 그렇게 냉정하실 수가 없지."

내 귀한 아들이 이제는 결혼해서 아내와 함께 새로운 가정을 이뤄서 잘 살겠다고 한다. 시어머니 역시 받아들이

기가 쉽지 않을 것이다. 아니, 아직도 절대 이해하지 못할 것이다. 그 마음을 표현하지 않기 위해 그저 입을 굳게 다물고 계신 건 아닐까.

며느리가 된 나 역시 나만의 계산법으로 시부모님께 섭섭한 마음이 생길 때면 남편을 생각해서, 시어머니도 한때는 며느리였으니까 동질감으로, 그러다 보면 어느새 섭섭한 마음이 조금 줄어들어 있기를, 그렇게 내 마음도 좀 달래지기를 바랄 수밖에 없었다.

지금은 그 방법뿐이라고 생각했다.

¶ 자꾸만 남의 집에 \

"엄마는 아버지랑 왜 결혼했어?"

엄마는 잠시 생각에 잠긴 듯 입을 꾹 다물고 있었다. 그러다 갑자기 생각난 듯 옛날이야기를 꺼내 들었다.

"옛날에… 너희 외할아버지가 사흘이 멀다 하고 술을 먹고 들어 와서는 방문을 벌컥 열고 한숙이 어딨냐 하고 동네가 떠나가라고 고함을 쳤거든. 그때 이불 안에서 엄마가 얼마나 벌벌 떨었는지 모른다. 기어코 내 다리를 끌어내서는 죽인다고 난리를 치고 그랬지."

"왜? 왜 그런 거야?"

"그거야 나도 모르지. 에휴, 할머니가 아무리 뜯어 말려도 내 자식 내가 죽인다는데 누가 뭐라 하냐고, 매질을 해대는 거야."

"술만 드시면?"

"그놈의 술이 원수지. 낮에는 멀쩡했어. 해가 뉘엿뉘엿 지는데 동구 밖에 너희 할아버지 모습이 안 보이면 그때부터 몸이 덜덜 떨리고 그랬어. 아이고, 생각하니까 아직도 몸이 떨린다. 근데 너희 아빠가 술을 안 먹더라고. 엄마는 그때 술 안 먹는 남자가 최고로 착한 줄 알았어."

어느새 세상을 모르던 순진한 시골 처녀의 얼굴이 된 엄마는 억울하다는 듯이 목소리를 높였다.

"술 먹는 거 빼고 나쁜 짓이란 나쁜 짓은 다할 줄 누가 알았어? 으이구, 그게 다 내 팔자야."

남편이 손을 내밀었을 때 나 역시 아버지를 떠올렸다. 그것은 엄마가 할아버지를 피해 남의 집 처마 밑에서 몸을 떨면서 깨달았을 술의 무서움을 훗날 남편에게서는 발견하고 싶지 않은 마음과 같은 것이었다. 아버지의 불같은 성격이 가장 무서웠다. 불같다는 말은 책에서 자주 보던 수사법 같은 것이 아니었다. 온 집안을 활활 태우던 아버지라는 불. 어느 날 뭔가를 찾던 아버지는 그것이 얼른 띄지 않자 보이는 것들을 죄다 바닥에 집어 던지기 시작했다. 그래도 분이 안 풀렸는지 곁에서 숙제를 하던 내 책상까지 와서 연필도 부러뜨려 버리고 공책도 다 찢어버렸다. 그런 식이었다. 원인도 대상도 없는 그 분노에 그저 떨고 있어야 했다.

남편은 화가 없는 사람이었다. 거절도 몰랐다. 경험상 자상하고 다정한 사람은 상대방이 좋아서도 있겠지만 대부분 타고난 성향이 그런 사람이다. 남편의 따뜻함은 반드시 나만을 향한 것이라고 할 수 없었다.

"누가 돈 빌려달라고 해도 절대 빌려주면 안 돼."

"알았어."

"보증을 서라고 해도 절대 안 된다고."

"요즘 누가 사람 보증 세워가면서 돈을 빌려?"

"그래? 잘 몰라서…. 어쨌든 안 돼, 안 돼, 다 안 돼. 다단계도 안 되고, 누가 투자 하라 그래도 안 되고."

"나 돈 없어서 그런 거 하라는 사람 없어."

"그래? 그럼 뭐 됐어."

그럼 됐다고 생각했다. 내가 바라는 유순한 성격의 남편이 결국 그 성격으로 나를 힘들게 할지도 모른다고 생각하기 전까지는. 엄마의 인생은 그렇게 모습을 바꿔가며 딸에게 대물림 되는 것일까.

누군가 농담처럼 '남의 집 가장 빼오는 거 아닙니다' 라고 하는 걸 들은 적이 있다. 여기에 한 가지 더 추가하고 싶어졌다. 남의 집 일꾼도 절대 빼오는 거 아닙니다… 라고.

남편과 돈을 합쳐 함께 살 집을 구할 때, 남편은 시어머니를 언급하며 적금을 깨서 송금을 해주겠다는 이야기를 했다. 결혼 전 남편의 돈을 시어머니가 관리했구나, 라고 생각했다. 내 친구 중에도 결혼 전까지 부모님이 열심히 돈 관리를 해준 경우가 왕왕 있었다. 친구는 십 원 한 장도 엄마 모르게 쓰지 못한다며 답답해했지만 막상 결혼을 앞두고 엄마가 목돈을 만들어 주셨다고 했다. 하지만 남편의 경우, 결혼을 하면서 월세 보증금에 보탠 돈 이외에는 아무것도 없었다. 보험도 청약도 연금도 주식도, 친구들이 흔히 가지고 있는 그 어떤 통장도 없었다. 씀씀이가 크지 않은 남편을 생각하면 의아한 일이었다. 하지만 살다 보면 온갖 일이 다 생기는 법이고, 서로 의논해서 보증금을 내고 집을 구했으니 더 말할 필요가 없었다.

정말 속상했던 때는 함께 살기로 하고 살림을 합쳤을 때였다. 남편에게는 살림이랄 만한 것이 없었다. 가진 것이 별로 없는 남편이 그나마 챙겨온 옷도 장인, 장모님께 인사드릴 때 입으려고 급하게 샀다는 양복 한 벌을 제외하고는 당장 내다버릴 만한 것뿐이었다. 아니 옷은 그렇다쳐도 궁색한 양말과 속옷은 정말 눈물겨웠다.

"흥부네 가족이야?"

"응?"

"나도 옷이고 고 좋은 건 없지만, 이건 좀 심한데….."

"아니야, 자세히 보면 아직 쓸만해."

"자잘한 살림살이도 그렇지만 여보한테 필요한 거부터 사야겠다."

남편은 그 나이가 되도록 자신의 삶을 돌보지 않은 사람으로 보였다. 그것이 안타까웠다.

"그리고 이제 보험도 들고, 청약통장도 만드는 건 어때? 지금까지 그런 거 넣으라고 하는 사람 하나 없었어?"

남편은 누나 셋이 임신을 하고 아이를 낳으며 차례로 시댁에 머물렀을 때 그 심부름을 비롯해, 운전기사까지 도맡아했다. 누나의 남편들이 술을 먹거나 함께 어울려 놀 때면 남편은 대리기사였다. 마트를 얼마나 드나들었는지, 어디에 뭐가 있는지 훤하게 안다며 자랑스레 이야기했다.

"그렇게 잘 알면 마트 가는 길에 여보한테 필요한 거나 좀 사지 그랬어? 형님들이 결혼하기 전에는 당연히 누나들 쫄따구였고, 그치? 생활비야 아버님께서 은퇴하시고부터는 뭐, 말할 것도 없겠지."

당연한 일이라고 생각했다. 비록 자신을 챙기지 못하더라도, 우리는 다 가족이니까. 나 역시 진작부터 집안의 잡다한 일들을 도맡아서 해야 했고, 큰 일꾼이자 쫄따구였다. 그것은 부모님에 대한 자식의 도리이기도 했다.

*

서로의 고단함을 위로해 주며 잘 살고 있다고 생각한 어느 날이었다. 머리를 한 대 맞은 것처럼 정신을 번쩍 차릴 일이 생겼다.

"그러니까 너희도 빨리 집을 샀어야지."

결혼 3년째 되던 어느 날, 갑자기 시어머니가 왜 집을 빨리 사지 않았냐고 핀잔을 줬다. 그때는 하루가 다르게 집값이 오르고 있을 때였다. 집 사는 건 일도 아니었다는 듯이 경제 전문가에 빙의라도 되신 듯 이야기를 쏟아내는 통에 정신을 차릴 수가 없었다. 이게 무슨 일이지? 지금까지 단 한 번도 '집'에 ㅈ자도 꺼낸 적이 없으신 분이 갑자기 왜? 머릿속에 이런 저런 의문이 복잡하게 뒤섞일 때쯤 남편이 종이 한 장을 집어 들었다. 그것은 가구 계약서였다. 천만 원 가까이 되는 금액의 내역으로는 침대와 쇼파, TV 선반 등이 있었다. 그때, 시부모님이 살고 있는 집이 재개 발을 하게 되어 곧 이사를 가신다는 사실을 알았다. 그리 고 형님들을 앞세워 새로 이사 갈 집의 가구들을 사고, 인 테리어 공사 계약도 이미 끝냈다는 사실까지도. 남편이 그 계약서들을 발견하자 시어머니가 너희도 빨리 사지 그랬 냐는 충고를 시작한 것이다.

"우리가 형편이 안 된다는 걸 모르시는 걸까? 정말 우 리가 멍청해서 집을 사지 못한 거야?"

"그야 뭐 형편이 안 됐으니까 방법을 찾을 생각도 못한 거겠지."

"알아보고 공부하고 할 시간도 없었어. 몇 푼 벌겠다고 하루 종일 아등바등한 게 허무하네. 집만 있으면 한 방에 그 큰돈이 가능한데 말이야. 그나저나 아버님, 어머님 일 은 정말 잘됐다. 이제 아파트로 가시면 살기도 훨씬 편하 고, 돈 걱정도 더실 거 아니야."

"그렇지. 옛날부터 얘기는 많이 나왔는데, 진짜 될 줄 몰랐네."

"자기는 형님들이 내려오셔서 같이 가구까지 사러 가실 동안 재개발이 되는 줄도 몰랐던 거야?"

"하여튼, 미연이 누나는…. 제 돈 아니라고 막 쓰고 다닌 건가 봐."

"아버님 어머님도 막상 돈 쓰실 땐 아들보다 딸들이 더 미더우셨나보네. 형님들은 잘 사시니까 눈도 높은 거지 뭐. 그건 그렇고 아까 어머님이 왜 진작에 집을 안 샀냐고 하실 땐 좀 섭섭한 거 있지? 우리 형편 헤아려주실 줄 알았는데, 남의 집 얘기하듯이…."

"그랬어? 난 몰랐네. 형편이 안 되니까 못 산 거지 뭐, 일부로 안 샀나. 그런 얘기는 왜 하셨대. 엄마도 참."

*

정작 시댁의 이삿날이 되자 자주 친정을 찾던 형님들의 모습은 보이지 않았다. 경제 전문가가 되어 집에 대한 조언을 아끼지 않던 당당한 시어머니는 그저 이사를 감당하기 힘든 힘없는 노인이 되어 있었다. 결혼 후에도 남편은 거절을 모르는 유순한 일꾼이었고, 그제야 남편이 경계해야 할 대상은 돈을 빌려달라는 사람이나 보증, 다단계, 투자 사기꾼이 아니라는 사실을 깨달았다.

"여보, 나는 빼줘. 양쪽 집 일꾼으로 사는 건 너무 힘들 단 말이야. 지나고 나면 너희는 그동안 집도 안 사고 뭐했 냐고 하실 텐데…. 난 안 할래."

¶그러니까 결국 집이 \

"그러니까 너희 어머니한테 제일 고마운 게 뭔 줄 아냐? 빈털터리인 나를 믿고 따라와 준 거, 그거야. 우리 어머니가 나를 장가보낸다고 내 손을 잡고 선을 보러 다니셨는데 세 번쨴가 만에 너희 어머니를 봤지. 집에서 동생들 돌보고, 살림도 돕고 있는 참한 아가씨가 있다고 해서 보러 갔더니 그게 너희 어머니였어. 나는 그 뒤로 딱, 우리 어머니한테 선 그만 본다고 했어. 더 볼 필요 없다고 했지."

강한 거절의 의사로 손을 뻗어 힘차게 내젓는 시늉을 하는 시아버지를 보며 손뼉을 치고 탄성을 연발했다.

"그야말로 너희 어머니한테 첫눈에 반했단 말이다."

"우와…. 어머님도 첫눈에 반하셨어요?"

"반하길 뭘 반해. 좋은 자리 마다하고 네 아버지 만나서

113

이렇게 평생 고생만 하는데….”

“허허. 결혼하자니깐 군말 없이 따라와 놓고는 무슨.”

언제 봐도 시부모님은 사이좋게 나이 들어가는 부부의 모습이었다.

“내가 부모님이 결혼 자금으로 주신 돈으로 사업 좀 해보겠다고 하다가 빈털터리가 된 거지. 당장 집을 비워줘야 하는데 방 얻을 돈도 없었다.”

그때의 기억이 아직도 손에 잡힐 듯 시아버지의 눈이 먼 곳을 향하더니 힘찬 몸짓과 목소리도 어느새 가라앉고 있었다. 시아버지의 급격한 감정 변화에 잘 훈련받은 방청객처럼 나는 또 안타까운 소리를 내었다.

“아…. 어떡해요….”

잠시 회상에 잠긴 시아버지를 대신해 시어머니가 말을 이었다.

“너희 아버지가 당장 방 얻을 돈도 없다고 하길래 결혼할 때 받은 패물을 내놓지 않았겠냐. 반지까지 뽑아서 줬어. 그거 팔아서 단칸방이라도 하나 얻자고.”

시어머니의 이야기에 예전처럼 다시 힘이 났던지 시아버지가 다시 목소리를 높였다.

"얼마나 미안하고 고마웠는지 모른다. 그래서 열심히 일해서 그 양옥집 사지 않았냐? 그때 서른이 좀 넘었나? 동네 사람들이 아, 젊은 사람이 이렇게 좋은 집도 사고 능력 있다, 그랬었다. 허허."

"그럼 뭐해요? 다 날렸는데⋯. 그래서 결국 아파트로 갔잖아. 그러다 이 집으로 다시 오게 된 거고."

"그래, 그랬지. 너희 어머니 나 때문에 고생 많았다, 정말⋯. 너희도 알아야 한다. 많이 힘들었어."

시아버지는 시어머니를 한 번 더 쳐다보는 걸 잊지 않으셨다. 시아버지의 사업에는 부침이 있었을지 몰라도 지난 시절 두 분 사이의 애정은 부침이란 게 없었구나 하고⋯.

"그렇게 힘들어도 너희 남편은 좋은 거 다 해주며 키웠다. 누나들이 맨날 형욱이는 아들이라고 갖고 싶은 거 다 사주고, 우리는 옷도 물려 입는다고 불만이 많았지. 아직도 그 얘기를 한다니깐."

"내가 뭘?"

TV 채널을 열심히 돌리던 남편은 자신의 이름이 들리자 눈을 동그랗게 뜨고 내 쪽을 쳐다봤다.

"로봇이며 장난감이며 사달라는 건 다 사주지 않았냐?"

"아… 로봇. 그거야."

남편은 별거 아니라는 듯 다시 TV 쪽으로 시선을 고정했고 나는 다시 열성적인 방청객이 되었다.

집으로 돌아오는 차 안에서 남편은 의아하다는 듯이 고개를 갸웃거리며 말을 꺼냈다.

"저런 이야기는 처음 들어."

"진짜?"

"응, 옛날 얘기하시는 거 처음 봤어. 당신한테 해주고 싶으셨나 봐."

신호가 걸린 틈에 흐뭇하게 웃는 남편을 보다가 갑자기 불안한 표정을 감출 수가 없었다.

"혹시… 아버님, 어머님께 돈 이야기했어?"

"그거…. 뭐… 이사해야 하는 데… 힘들다고…. 지나가듯이 슬쩍…."

남편이 계속 끊어질 듯 이어질 듯 말을 하는 통에 대답을 얼른 한 문장으로 완성할 수 없었다.

"그러니까 하긴 했다는 거네."

"응. 했어."

결혼을 결심할 때 복잡한 생각을 하지 않았다. 철저하게 혼자가 된 기분을 느꼈을 때 지금의 남편을 만났다. 마음이 따뜻하고 착한 사람. 함께 밥을 먹고 같이 산책을 하고 싶은 그런 사람이었다. 그때 내게 필요한 것은 그것뿐이었다. 내내 결혼에 대해 부정적이었던 나를 걱정하던 엄마도 응원해 주었다.

"혼자보다 둘이 살면 재밌지 않겠냐, 재밌게 살면 되지…. 그거면 되지."

*

결혼을 결심하고 함께 살기로 했다. 우리의 첫 집은 원룸형 복층 오피스텔이었다. 말이 복층이지 2층은 층고가 너무 낮고 난방이 되지 않아 집을 보러 갔을 때 그곳은 그냥 박스가 뒹굴고 있는 공간이었다. 넓지 않은 1층에 깔린 이불이 대충 밀쳐져 있었고, TV, 소파, 빨래 건조대가 한데 뒤엉켜 있었다. 하지만 우리 눈에 그 집은 전혀 부족함이 없어 보였다. 오히려 뭔가 희망과 설렘의 빛으로 반짝거리고 있었다. 하지만 둘이 합쳐 보증금을 내고, 부담스러운 월세를 조금만 깎아달라고 했을 때 처음으로 현실의 벽을 느꼈다. 깎아주기는커녕 오피스텔 2년 계약을 해주는 경우도 거의 없다며 그것으로 만족하라는 대답만 돌아왔다.

어느 평범한 토요일 아침, 나는 내 살림을 챙기고 남편은 자신의 살림을 챙겨서 신혼집으로 '이사'를 했다. 본가에서 옷만 챙겨 나온 남편과 달리 나는 진작 독립해서 언니와 살고 있던 터라 생활에 불편하지 않을 만큼 살림살이를 갖고 있었다. 이삿짐 차를 부르기에는 애매한 양이었지만 운전석만 겨우 비울 수 있을 정도로 짐이 많았다. 지하 주차장에서 고층으로 짐을 올리는 것도 보통 일이 아니었다. 퇴근 후 둘이서 며칠 동안 청소했던 깨끗한 집은 궁색한 살림살이가 들어차자 점점 그 빛을 잃어가고 있었다. 대충 짐을 다 올렸을 때 거의 녹초가 되었고, 한 끼도 먹지 못한 배가 아우성칠 때 해는 벌써 떨어지고 있었다.

"대충 라면이라도 먹을까? 어딘가 라면이 있을 거야."

식탁 놓을 자리가 없고, 밥상도 아직 마련하지 못해 바닥에 라면 냄비를 놓고 마주 앉았다. 한쪽 벽을 채우고 있던 TV는 연결되지 않아 깜깜했다. 문득 세상과 연결이 끊어진 듯 적막이 흐르는 방에 낯선 사람과 마주 앉아 있는 기분이 들었다. 남편이 먼저 입을 열었다.

"전에도 밥 먹을 때 바닥에 놓고 먹었어? 불편하잖아."

"아니, 책상을 식탁처럼 썼어. 밥상을 사면 살림이 늘잖아. 이번에는 사야겠지. 아…, 엄마 말대로 이불이라도 새로 하나 살 걸 그랬나? 쓰던 이불 그냥 써도 괜찮아? 새것 같아서 들고 왔는데 다시 보니까 왜 이리 궁색해 보이지?"

"괜찮아. 나중에 사자."

"안 그래도 엄마한테 등짝 맞았어. 엄마가 사준다고 해도 싫다고 했더니. 신혼집에 새 이불도 하나 없고, 새 그릇도 하나 없다고…. 근데…."

집을 구하는 데 돈을 다 쓰고, 이제부터 결혼식과 신혼여행에 들어갈 돈을 모으기로 했다는 사실이 생각났다. 시어머니가 언제가 됐든 결혼식을 먼저 하고 함께 살면 어떠냐고 하신 것도 생각났다.

하지만 내 원룸 계약 기간이 거의 끝나가는 시점이었고, 그 시기에 결혼식과 신혼집 마련까지 다 해내는 것이 우리에게는 무리였다. '뭐 어때? 어린애들도 아닌데 싸웠다고 헤어질 것도 아니고, 형식적인 건 좀 미뤄도 되는 거 아니야?'라고 스스로를 다독이며 시어머니의 눈길을 애써 피해왔다.

"근데…."

라면 그릇에 얼굴을 박고 있다가 갑자기 눈물이 났다.

"많이 매워? 왜 그래?"

"아니…. 어떻게 아무도 우리 이사하는 데 관심이 없지? 결혼식도 안 하고 같이 살아서 그러시는 거야? 전화 한 통이 없으시잖아. 게다가 자기네는 대식구인데 아무도 관심이 없는 거야? 결혼식만 아니지 오늘이 우리 진짜 결혼하는 날이나 마찬가진데?"

갑자기 설움이 복받친 이유를 설명할 마땅한 말을 찾지 못한 나는 생각나는 대로 이야기하기 시작했다.

"어쨌든 서러운 것 같아…."

"뭐가? 별일 없이 이사 잘하고 저녁도 먹고 있는데…."

"오늘 힘들었단 말이야."

"이사를 열정적으로 해서 그래. 천천히 하면 되는데."

"그랬으면 짐들이 아직 지하 주차장에 널브러져 있을 걸. 엘리베이터 앞에도, 복도에도. 어차피 우리가 다 해야 할 일이잖아."

어쩌면 오늘 짐을 옮기다가 옛 기억을 떠올렸는지도 몰랐다. "엄마는 너희들 키울 때 길을 걸어 다니면 전봇대만 보고 걸었어. 너희들 누일 방 한 칸이 어디에 있나 하고 말이야⋯." 엄마는 지금도 간간이 그 시절을 한숨으로 떠올리고 계셨다. 이사를 나오는 집이나 이사를 가는 집이나 별 차이 없는 누구네 집 문간방이었는데 왜 이사를 해야 하는지 그 시절에는 알 수 없었다. 언젠가 동사무소에서 초본을 뽑아 들고는 무척 당황한 적이 있었다. 페이지를 헤아릴 수 없이 줄줄이 딸려 나온 그것은 우리 가족이 걸었던 초라한 발자취 같았다. 이걸 제출해야 하는데, 그 부끄러움을 어떻게 감당해야 할지 그저 당황스럽기만 했던 기억이 났다.

"부모님은 일하러 가시니까 짐 정리는 언제나 내 몫이었어. 후딱후딱 해야지. 천천히가 어딨어? 살면서 정리한다는 건 계속 안 하겠다는 말이랑 같은 거야."

머릿속으로 눈물의 시작이 과연 어디였는지 헤매며 콧물을 훌쩍거렸다. 이삿짐을 쌀 때의 막막함도, 집을 옮기고 정리할 때의 피로감도 익숙한 것이었다. 어릴 때는 포장 이사 같은 것은 들어보지도 못했고, 언제가 이삿날이다 하면 그때까지 쌀 수 있는 짐은 모두 싸두어야 했다. 박스를 구해 와서 하나하나 담다 보면 가난한 살림에도 짐은 끝없이 나왔다. 그 짐들은 죄다 지금 당장 내다 버려도 전혀 아까울 것이 없는 것들이었다. 지금도 길을 걷다가 세월의 흔적이 묻은 허름한 살림살이를 실은 트럭이 지나가면 그 시절이 생각난다. 보자기로 꽁꽁 동여맨 이불이 마지막으로 얹히면 고무 밧줄 같은 끈으로 이삿짐을 이리저리 묶어서 출발하던 트럭이 떠오른다. 햇살 아래 나와 더부끄러워진 살림살이가 실려 떠나는 모습을 많이도 지켜봤다.

*

2년을 그 집에서 살았다. 월세와 관리비, 각종 공과금을 내고 남은 돈으로 허리띠를 졸라매 봤지만, 1년을 살고 결혼식을 올리는 바람에 통장에는 구멍이 숭숭 나 있었다. 그러다 'LH 전세자금 대출'이란 걸 알게 되었다.

"이거 어때? 전셋집을 구하면 LH가 주인이랑 전세 계약을 하고 일정 금액을 대출해 준대. 괜찮은 거 아니야? 우리도 작은 전세 정도는 가능하지 않겠어?"

하지만 다음날 부동산에 가보고서야 또 한 번 현실의 벽을 직면했다. 부동산을 돌아본 결과 LH와의 계약에 난색을 표하는 주인들이 많아 매물을 찾기가 무척 어렵다는 게 공통된 이야기였다.

"그래도 알아봐 주세요."

부동산에서 오는 연락만 기다렸지만 결국 재계약을 결정해야 하는 시기가 다가올 때까지 어느 부동산에서도 연락이 없었다. LH에서도 전세 자금으로 확보된 예산이 거의 소진되었다는 연락이 왔다.

*

어릴 때 엄마는 내 작은 손을 잡고 옆 동네에 새로 생긴 아파트 단지를 돌아보러 가곤 했다. 그럴 때면 엄마는 저 멀리 우뚝 솟은 아파트를 보며 저렇게 많은 불빛 중에 왜 우리 집은 없을까? 하고 낮은 숨을 내쉬었다. 그 당시 우리 가족이 살던 곳은 2층 높이 이상의 건물을 볼 수 없었던 도시 외곽의 시골 같은 곳이었다. 그곳의 못이 메워지고 논과 밭이 아파트로 변하던 중이었다. 까맣던 하늘은 아파트의 빽빽이 들어찬 유리 저마다에서 새어 나오는 빛으로 대낮처럼 밝아졌다. 엄마는 하루의 고단함을 달래려 좁은 방을 벗어나 슬리퍼 차림으로 그곳을 터덜터덜 걷곤 했다.

"수연아, 나중에 저 아파트 같은 데 살았으면 좋겠다. 우리 딸은 공부도 잘하고 착하니깐 꼭 그렇게 될 거야."

엄마는 그렇게 말하며 내 작은 손을 힘껏 잡았다. 그 힘에는 어떤 믿음 같은 것이 담겨 있는 것 같았다. 그런 딸이 이제 마흔이 다 되었다. 그 믿음은 다 어디로 사라져버린 걸까. 나는 그 옛날의 엄마처럼 터덜터덜 걸으며 저 멀리 높이 솟은 아파트를 바라보며 한숨짓고 있었다. 꼭 붙잡을 '작은 손을 가진 딸'이 없다는 건 행운일까 불행일까.

　나도 결국 엄마처럼 살게 되는 걸까….

¶ 주범과 공범 \

집으로 향하는 차 안에서 꼬리에 꼬리를 무는 생각 속에 잠겨 있었다. 내 불안한 얼굴과 침묵이 신경 쓰였는지 남편이 드디어 말을 꺼냈다.

"며칠 전에 전화 드렸어. 혹시 돈 갖고 계신 게 있으면 보태달라고. 은행도 가봤는데 대출을 받아도 돈이 많이 부족하더라고. 부모님께 의논드리면 혹시 길이 있을까 하고 그런 거야."

"왜 그랬어? 우리가 약속했던 게 부모님께 손 안 벌린다는 거였잖아. 그리고 부모님이 돈 나올 데가 어디 있어? 자기는 아들인데 그것도 몰라?"

"안 그래도 돈 없다고 하시더라."

"그래서 그러셨구나."

"뭐가?"

"옛날이야기 꺼내신 거 말이야. 언제 며느리랑 마주 앉아서 옛날 얘기해 주고 그러신 적이 있었나, 안그래?"

"아니야⋯."

"아버님께서 나한테 돌려서 말씀하고 싶으셨나 봐. 아내의 도리란 말이야⋯. 그럼 패물이랑 반지 빼줘? 근데 나는 패물도 받은 거 없고, 반지는 빼줘도 돈도 안 될 텐데⋯."

반지 빼주는 시늉을 했다. 그 반지는 결혼 전 남편과 서로 사서 끼워준 14k의 가느다란 것으로 액세서리나 마찬가지였다.

"이걸 팔러 가면 비웃음만 당할 거야. 근데 나는 이상하게 섭섭해."

"왜? 반지 빼주라고 하신 것 같아서?"

"자기가 독단적으로 아버님, 어머님께 돈 얘기를 꺼낸 건데, 오늘 이야기는 나를 앉혀놓고 두 분께서 작정하고 하신 거잖아. 그러니까 그건 단독 범행인데 어머님, 아버님이 생각하시기에 며느리인 내가 주범인 거야. 나는 공범도 아닌데 말이야."

"돈 보태달라는 말에 무슨 주범, 공범 타령이야?"

"아버님, 어머님 생각하시기에 날강도 같은 이야기였는지도 모르지. 어쨌든 며느리는 무조건 착한 아들을 조종하는 거라고 생각하신 게 섭섭해."

시부모님들의 아련한 옛 추억을 듣는 자리인 줄 알고 두 손 모으고 듣던 며느리는 사실 부모 돈 탐내는 주범으로 몰려서 훈시 말씀을 듣고 온 것이었다.

"현명한 어른들께서 그러셨다잖아. 교훈적인 이야기로 효와 도리를 가르치는, 그런 거 못 들어봤어?"

"그런 거 아닌데⋯."

시부모님께서 아무리 우아하고 현명한 방법으로 벌을 내리셨다 해도 졸지에 주범으로 몰리니 입맛이 씁쓸했다.

*

남편이 직장에서 손을 크게 다치고 얼마 후 일이었다.

웬만해서는 아프다는 말을 하지 않는 남편을 생각하면 병원까지 간 것은 예삿일이 아니었다. 아니나 다를까 부상은 심각한 것이었고, 산재처리는커녕 제 손으로 밥도 먹지 못하는 남편에게 회사는 단 하루도 쉬는 것을 허락하지 않았다.

"TV에서나 보던 일 아니야? 이런 일이 생길 줄은 정말 몰랐어…. 진짜 너무해."

덜컥 겁이 나 어찌할 바를 몰라 내내 안절부절못했지만 울고만 있을 수도 없었다. 남편은 회복하는 데도 오래 걸렸지만, 무엇보다 손을 다치고 나선 다시 일을 하는 게 무척 힘들어 보였다. 사고 처리 과정에서 보여준 회사의 무성의한 태도에도 많이 서운해했다. 웬만한 일은 참고 견디며 큰소리 한 번 내지 않는 남편이 결국 회사를 그만둔다고 했다. 그런 남편이 안쓰러워 마음이 아팠지만 나 또한 할 수 있는 일이 없었다.

그러다 찾아낸 것은 임대 주택이었다. 일명 '행복 주택'이라는 이름의. 보증금도, 임대료도 저렴했다. 무엇보다 난색을 표할 집 주인도 없었다. 그제야 안도했다. 그 집은 작은 공장과 오래된 빌라가 섞여 있는 조용한 동네에 있었다. 작지만 방도 두 개에 거실도 있었다. 이삿짐센터 사장님도 짐을 내려놓으며, "그래도 살림집 태가 난다"고 이야기했다. 따로 관리비도 나가지 않고 공과금만 내면 되니까 남편도 다른 직장을 찾을 때까지 마음을 좀 여유롭게 가질 수 있을 것 같았다.

1층이 주차 공간인 5층짜리 빌라 건물의 꼭대기 층에

우리의 두 번째 신혼집이 있었다. 자식이 어떻게 사는지 궁금하지도 않으신지, 매번 놀러 오시라고 할 때마다 형님네 가족들까지 초대하는 '집들이'를 이야기하셔서 선뜻 대답하지 못했다.

"집이 너무 좁아서요. 아버님, 어머님만 구경오세요."

하지만 오피스텔에 살 때는 한 번도 오지 않으셨다.

이번에 이사를 하곤 좀 더 강력하게 집 구경을 오시라고 한 참이었다. 아들이 어떻게 사는지 많이 궁금하지 않겠냐는 엄마의 말이 내내 마음에 걸렸다. 시어머니와 시아버지는 집에 들어서시자마자 엘리베이터가 없어서 어쩌냐는 말부터 꺼내셨다. 그러고는 이 동네는 교통이 불편할 텐데 또 어쩌느냐고 하셨다. 상을 펴고 차와 함께 떡과 과일을 담은 접시를 내려놓자 왠지 열심히 찾아낸 신혼집에 부모님을 처음 모시게 된 자리가 뿌듯했다. 하지만 시어머니께서는 내내 '어쩌냐'라는 말씀뿐이었다.

"집집마다 평수가 달라보이던데 너네는 작은 거지?"

"큰 집도 있는데 그건 점수가 높아서 순위가 빨라야 고를 수 있어요."

남편이 대답했다. 나이가 어리지 않고 부모나 자녀 같

129

은 부양가족이 없는 것이 감점 요인이었다.

"아이라도 낳았으면 너희가 1등 아니냐. 집이 좁은 것도 문제지만 5층까지 올라오는 것도 힘들고 말이야. 그리고 이런 꼭대기 집은 여름에는 덥고 겨울에는 추운 거야. 그리고 말이야…."

"엄마, 저녁은 나가서 먹자."

아들이 막아서지 않았다면 시어머니는 그 보금자리에서 또 어떤 '어쩌냐'를 찾아내셨을까?

"넌 언제 직장 구할 거야?"

평소의 시어머니답지 않게 호통을 치듯이 아들에게 한 말씀을 던져놓은 시어머니의 시선은 나를 향해 있었다.

"괜찮아요. 저도 그만두는 데 적극 찬성한 걸요."

"아휴, 그랬다면 다행이고…. 또 너희들이 맨날 싸우고 있는 건 아닌지 어찌나 걱정이 되던지…. 그래서 이렇게 와본 거야. 저도 생각이 있으면 얼른 다른 직장 구해서 가겠지. 너무 닦달하지 마라."

"네, 걱정 마세요."

그러고는 얼른 남편을 보았다. '거봐, 언제나 주범은 나라니깐. 내가 당신 일 그만뒀다고 집에서 맨날 닦달이나 하는 사람이냐고?' 남편은 내 눈빛을 읽었는지 말았는지 그저 빙긋 웃었다.

부모님을 보내드리고 남편과 산책을 나섰다. 조용한 동네는 걷기 좋았고, 간간이 길고양이도 만날 수 있었다.

"어릴 때 살던 동네 같아."

"그러게."

"약간 귀농한 느낌이랄까?"

"뭐?"

"동네에 어르신들이 많이 사셔서 그런지 우리가 꼭 귀농한 젊은 부부 같잖아."

"그래서 좋아?"

"나쁘지 않아. 나는 이런 동네 좋아해, 시내가 좀 멀어서 그렇지. 근데 아까 어머님이 하신 말씀 말이야….."

"뭐? 특별한 얘기하신 거 있나?"

"맨날 이러니깐 나만…. 이사한 집이 별로라고 그러신 거, 우리도 애가 있었으면 큰집 고를 수 있었을 거라고 하신 거, 그리고 자기 일 그만둬서 우리 둘이 맨날 싸우고 있을까 봐 걱정했다고 하신 거."

"별생각 없이 하신 말씀이야."

"나도 알아. 걱정돼서 하신 말씀이라는 거. 근데 왜 맨날 일이 다 끝나면 하시는 거지? 이제 막 이사 왔는데…. 우리 형편에 이게 최선인데…."

"무슨 소머즈야? 하지도 않은 말이 다 들리게?"

"큭큭. 그런가? 문장을 완성해 보면, 며느리야, 너는 왜 집을 고르는 안목이 없니? 왜 여태 아이가 없니? 너, 내 아들 일 그만뒀다고 맨날 바가지 긁지? 여보 고생한 거 너무 마음 아팠고, 이 집으로 와서 여유 좀 가지고 쉬라고 하는 참이었는데 말이야. 그리고 지금 내가 일하는데 아이는 누가 키워? 응?"

"그런 뜻 아니야. 뭐냐, 문장을 완성하지 마. '시어머니 문장 자동완성 기능'을 지워버려. 알았지? 그냥 하는 말씀이야. 별 뜻 없는 거라고…."

"당신은 몰라. 별 뜻 없이 그냥 하시는 말이면 좋은 말씀 해주실 수도 있잖아. 응원해 줄 수도 있는 거잖아."

창문을 열면 빌라 옆 동의 창문이 바로 코앞에 있고, 갖가지 소음이 벽과 기둥을 타고 온 집안을 흔들어도 그 집이 마음에 들었다. '누가 뭐라든 우리 힘으로 살아가고, 행복하면 그만인 거지. 괜찮아. 그리고 나는 엄마처럼 안 살 수 있어. 아버지는 우리가 이사를 하든지 말든지 아침에 횡하니 나가버리면 그만인 사람이었지만, 당신은 아니잖아.' 적어도 남편은 어떤 어려움이 생겨도 함께해줄 거라고 믿고 있었다.

"그런데, 이 집 곧 무너질 것 같지 않아? 부실하게 지은 것 같아."

밖에 바람이 세차게 부는지 현관문이 털썩털썩 소리를 내고 있었다.

¶ 가족사진 속 퍼즐 \

내내 결혼 앨범의 딱딱한 모서리를 만지작거리고만 있
었다. 결혼 앨범은 두 권이었는데, 비교적 얇은 것이 양가
부모님을 위해 제작된 것이었다. 신랑, 신부 중심의 내 결
혼 앨범과 달리 부모님용 앨범에는 가족들과 함께한 모습
이 담겨 있었다. 앨범을 받기까지 3개월이라는 시간이 걸
렸다. 지인의 도움으로 저렴한 가격에 소개받은 스튜디오
라 재촉할 마음이 들지 않았다.

"양가에서 많이 기다리셨을 텐데, 죄송합니다."

"아, 네…."

결혼식에서 내내 이리저리 모는 대로 움직이기만 했던,
그날의 사진이 가장 궁금했던 건 나와 남편이었다. 하지만
결혼 앨범이 늦어서 죄송하다는 스튜디오 직원의 사과는
난데없이 양가 부모님을 향했다.

"빨리 보고 싶어 하셨을 텐데요."

"아, 네⋯. 감사합니다. 고생하셨어요."

스튜디오 계약서에서 발견한 결혼 앨범 세 권이라는 항목이 의아했었다. 양가 부모님께도 꼭 드려야 한다는 스튜디오 측의 강권에 장삿속이라고 생각하면서도 거절하지 못했다. 하지만 그게 빈말은 아니었는지 엄마는 결혼사진을 빨리 보고 싶어 하셨다.

"오늘은 꼭 갖다 드려야겠다."

"응, 꼭 챙길게."

남편은 나를 보고 환하게 웃었다. 아마도 용기를 주고 싶었을 것이다.

*

처음 앨범을 들고 온 날 남편과 저녁 내내 사진을 보며 결혼식 날을 떠올렸다.

"정말, 얼마나 긴장되던지. 정신이 하나도 없었어. 결혼식 날 기억이 하나도 안 난다니깐."

"당신이 신랑 입장하면서 다리를 덜덜덜 떤다고 사회자가 놀리던 거 생각 안 나?"

나는 그날, 사회자의 농담을 듣고서야 '남편이 지금 엄

청 떨고 있구나, 나라도 정신을 차려야 할 텐데…'라고 생
각했던 기억이 났다.

"그랬나? 그냥 다리가 움직인 거지. 나는 내가 걷고 있
는 줄도 몰랐어."

빠르게 돌아가는 화면처럼 지나가 버린 그날이 못내 아
쉽기만 했다.

"그래도 찍어놓으니까 좋다."

"내일은 아버님, 어머님께도 보여드리자. 부모님들께
서도 사진 엄청 기다리신대…."

하지만 벌써 2년 전의 일이었다. 한 권은 나오자마자 엄
마에게 드렸고, 남은 하나는 아직 집에 남겨져 있었다. 처
음에는 차 뒷좌석에 두는 바람에 가지고 내리는 것을 잊어
버렸다. 그럴 때마다 다음을 기약했지만 시간이 지날수록
꼭 실수만은 아니라는 생각이 들기 시작했다.

"앨범을 드려도 반가워하지 않으실 것 같아."

결혼을 하고 시댁을 드나들며 나는 점점 자신감을 잃어
가고 있었다. 우리의 결혼에 내내 싸늘하고 무관심한 태도
를 보이는 시부모님께서 결혼사진인들 반가워하실까.

"꼭 안 드려도 될 것 같아. 달라고 하시는 것도 아니고,

물어보지도 않으시잖아."

"그렇지만…. 아니면 어차피 부모님께 드리려고 한 거니까 한쪽에 치워놓으시든 어떻게 하시든 우리는 신경 쓰지 말고 그냥 드리자. 이런 일로 고민할 필요 없어."

남편의 말은 전전긍긍하던 내게 큰 힘이 되었다.

*

"아이고, 무슨 좋은 날이라고 크게 웃어요, 응?"

결혼 앨범의 첫 장은 신랑, 신부의 사진이었고 그다음 장을 넘기자 4분할된 지면에 양가 부모님 네 분의 모습이 각각 담겨 있었다. 엄마와도 그 사진을 보면서 한참 이야기했던 기억이 났다. 좀처럼 웃는 얼굴을 볼 수 없는 친정 아버지의 미묘한 웃음을 잡아낸 촬영기사의 노련함에 감탄했다. 엄밀하게 말하자면 웃는 얼굴은 아니었지만. 시어머니께서도 시아버지의 표정이 낯설게 느껴지셨는지 한마디 던지셨다. 그 한마디는 그대로 화살이 되어 가슴에 꽂혀버렸다. '무슨 좋은 날'이라며 남편을 타박하는 시어머니의 말을 어떻게 해석해야 좋을지 몰랐다. 시아버지와 시어머니의 시선이 그 장에서 내내 머물다가 이윽고 다음 장으로 넘어가기 시작했다.

시어머니는 내내 빈정거리는 말투를 숨기지 않으셨다. 원래 그런 분이시거나 며느리 앞에서 위세를 드러내고 싶어 하시는 분이라면 별 뜻 없이 넘겼을 것이다. 시어머니는 평소 시아버지와 대화할 때 투정이 섞인 잔소리를 할 때도 있지만 대체로 다정하게 말을 건네는 분이었다. 며느리 앞에서는 데면데면하고 무관심한 모습을 보이셨는데….

"아이고, 우리 가족이 여기 다 모였네."

그때 시아버지의 탄성이 들렸다.

"형욱아, 사진 크게 뽑아서 액자에 넣어 오너라. 가족사진 따로 찍을 필요가 없네. 여기 다 있어. 허허."

그때 시아버지는 아이들을 손가락으로 하나하나 짚으며 이름을 부르기 시작하셨다. 그 신이 난 목소리가 나를 또 결혼식 날로 끌고 갔다.

친정 식구들과의 사진 촬영이 비교적 빨리 끝난 데 비해, 시댁 식구들과의 촬영은 만만치 않았다. 부모님과 자식 넷, 그들의 배우자. 어린 손자, 손녀들까지. 사람이 너무 많아서 일렬로 세우는 데만 해도 시간이 많이 걸렸다. 아직 어린 아이들은 여기저기 뛰어다니기 바빴고, 몇 명은 사진을 찍지 않겠다고 울기까지 했다.

그중 한 아이가 끈질기게도 울고 떼를 썼다. 사진 촬영은 좀처럼 진행되지 않았고, 족저근막염으로 고생하던 나는 10센티미터가 넘는 구두를 견디기가 힘들었다. 미소는 유지하고 있었지만 점점 눈물이 맺혀갔다. 하지만 어느 누구도 그 아이를 포기하지 않았다. 고통이 한계에 다다른 나는 그 아이를 빼고 사진을 찍으면 안 될까 하는 생각이 들었지만 그런 일은 일어나지 않았다.

계속 지연되는 시간에 촬영기사의 얼굴은 초조함을 숨기지 못했다. 결국 눈물범벅이 된 그 아이의 찡그린 얼굴은 결혼사진에 그대로 남았다. 그 사진을 보고 흐뭇한 표정을 짓는 시부모님을 보자, 그때 사진 찍기 싫다고 우는 아이를 포기하지 않은 이유를 조금은 이해할 수 있을 것 같았다. 가족이 다 함께 모여 있다는 사실이 시부모님께는 얼마나 중요한지 말이다.

*

며칠 후 남편은 사진을 넣은 액자를 들고 왔다. 액자는 두 개였다.

"장인어른, 장모님도 좋아하실 것 같아서…."

"고마워, 여보. 엄마가 엄청 좋아하실 거야."

사진 속에는 친정 식구들이 있었다. 이제껏 본 적 없는 가족사진이었다. 아버지, 엄마, 언니 그리고 내 옆에 남편이 서 있었다.

"사돈댁은 이렇게 가족을 늘렸는데 우리 식구 좀 봐라. 달랑 한 명 늘었네. 그것도 한 명이 늘어난 건지, 도리어 줄어든 건지 모르겠다. 겨우 네 식구가 그렇게 투닥거리고 싸웠으니…. 나, 참."

결혼 앨범에 나란히 실려 있는 양가의 가족사진에 엄마 역시 한참이나 눈을 떼지 못했다.

"뭔가 기죽는다. 안 그러냐?"

"기가 죽기는 뭐가?"

"시누이들은 상견례 때도 못 봤는데, 인사는 한 거야? 어때 보이던?"

"나도 아직 제대로 본 적은 없어. 신부 대기실에 있어도 보러 오는 사람이 없던데…. 결혼식 끝나고도 그렇고. 그 후로도 제대로 못 봤어."

"떼로 덤비면 너는 찍소리도 못 하겠다."

"뭐? 무슨 농담을 그렇게 해?"

"양쪽 집을 한번 봐라. 너도 봐. 패싸움이라도 하면 우리가 꼼짝없이 지겠구먼."

나는 소리 내어 웃었지만 지면을 꽉 채운 남편의 가족과 그에 반해 썰렁한 우리 가족을 번갈아 보면서 왠지 모를 초라함을 느꼈을 엄마가 안쓰러웠다. 단지 가족 수가 적은 데서 오는 것만은 아닐 것이다. 우리 가족 안에서 느껴지는 냉기가 사진에서도 새어 나오는 것 같아 엄마는 두려웠는지 모른다. 가족의 빈약한 결속에서 오는 연약함. 금방 깨져버릴 것 같은 그 관계가 화목해 보이는 남편의 가족을 괜한 두려움의 상대로 느끼게 했으리라.

"패싸움이라니. 엄마는 참."

결혼 앨범은 어딘가로 치워져 버렸지만, 우리 결혼사진은 액자에 담겨 시댁 거실 벽 한중간에 걸려 있었다. 그것은 결혼사진이라기보다 남편의 가족사진이었다. 나는 그저 퍼즐의 마지막을 채우는 한 조각에 불과하지 않을까. "드디어 우리 가족이 다 모였구먼." 과연 부모님께 자식의 결혼은 어떤 의미일까? 의무를 다했다는 후련함일까? 드디어 가족을 완성했다는 성취감일까? 그것도 아니라면 우월감 같은 것일까? 엄마처럼 불안한 가족을 평생 붙들고 있는 사람들에게서 느끼는 상대적 우월감 같은 거 말이다. 나는 생각했다. '왜 불안한 내 가족을 두고 남편의 가족 사이에서 마지막 퍼즐 조각이 되었을까?' 그것도 한 사람으로서 제대로 존재하지도 못한 채로 말이다.

"아이고, 하나가 빠졌네."

"네?"

"너희 어머니가 조카들 봐줄 때 너도 얼른 하나 낳아서 같이 키워달라고 하거라."

"무슨 소리예요? 이제 애 키우는 거 졸업 좀 합시다. 그리고 애는 친정 엄마가 키워줘야 편한 거지. 안 그러냐? 나는 못 해. 알겠지? 사부인이 해주셔야지."

잊고 있었다. 이 대가족을 완성하는 마지막 퍼즐은 내가 아니라는 것을. 나는 그저 마지막 퍼즐 조각을 위해 존재하는 수단일지도 모른다는 것을 말이다. 아직 배 속에 있지도 않은 아이의 양육을 거부해 버리는 시어머니와 마지막 퍼즐 조각에 대한 기대를 숨기지 않는 시아버지 사이에서 점점 더 혼란스러워졌다.

오랜만에 만난 엄마에게 사위가 준 가족사진은 어떻게 했는지 물었다.

"화장대 위에 올려놨어."

"거실에 안 걸고? 시댁은 거실에 걸어놨던데."

"누구 보라고 거실에 걸어놔? 나만 보면 된다. 딸 사진, 사위 사진 맨날 보니까 좋은데, 뭘…. 우리 사위한테 고맙다고 전해줘."

거실은 아버지의 침실이기도 했다.

"엄마, 근데 생각해 보니까 가족은 늘어난 것도 그렇다고 줄어든 것도 아닌 것 같아. 그냥 그대로 우리 가족은 네 명이고, 나만 새로운 가족이 한 명 더 생긴 거야. 사위는 엄마, 아버지 가족이 아니야."

"뭐? 뭐라는 거야?"

"남편은 우리 가족에게 힘든 일이 생겼을 때 고생할 '나'를 도와주는 내 가족이란 말이야. 딸의 배우자인 사위를 행여나 아들처럼 생각하지 말고, 엄마는 딸의 가족을 마음으로 응원해 주면 그것으로 충분해. 우리 남편에게 힘든 일이 생기면 나도 열심히 도와줄 거야. 내가 할 수 있는 한 말이야."

내가 숨도 쉬지 않고 내뱉었던 그 말들은 과연 누구를 향하고 있었던 것일까. 자식의 결혼이 부모님들께 '가족의 완성'이라는 의미보다, '자립'으로 받아들여졌으면 좋겠다고 생각했다. 부모님은 그저 자식의 앞날을, 그들이 꾸린 가정을 진심으로 축복해 준다면 충분하지 않을까. 엉뚱한 소리에도 엄마는 크게 동요하지 않았다. 예전 같으면 사위가 가족이 아니라는 그런 싸가지 없는 소리는 그만하라고 등짝을 두들겼겠지만 결혼하고 유난히 생각이 더 많아진 딸을 보며 말을 꺼내기 어려워졌을 것이다. 그럴 때면 그저 또 시댁에서 무슨 일이 있었나 하고 넘어가 주었다.

"가족 안에서 며느리로, 또 딸로 존재하지만 그냥 '나'로도 존재하는 거야. 양쪽 가족들한테 힘든 일이 생기면 함께 헤쳐나갈 거지만, 그 '역할'로만 존재하고 싶지 않아. 나는 '나'로 남고 싶어. 잘났건 못났건 그러고 싶다고."

"알았어. 알았다고. 이제 딸이고 사위고 의지 안 하고 씩씩하게 살 테니깐, 너도 네 살 연구만 하거라. 그래도 된다. 알겠지?!"

3
부

결혼에 드리운
그림자

¶시아버지 생신에 깁스한 며느리 \

아버지는 어릴 때 부모님이 돌아가셨기 때문에 엄마는 시집살이를 '글'로 배우셨다.

"시댁에 자주 찾아가고 시부모님께도 잘 해야지…. 정서방도 잘 챙기고. 결혼하면 신경 써야 할 일은 그런 거다. 딸 셋 낳고 얻은 막내아들이 얼마나 귀하겠니."

"엄마, 엄마는 시부모님도 안 계시면서 시집살이가 어떤 건지 어떻게 그렇게 잘 알아? 게다가 아들도 없잖아. 딸밖에 없는 사람이 딸도 귀하다고 해야지. 무슨 귀한 아들 타령이야."

"으이구, 누구네 집 딸인지 입만 살아가지고. 엄마가 얘기하면 '네, 알겠습니다' 해야지. 시집가고 나니까 왜 이렇게 말을 안 들어."

"맨날 똑같은 소리만 하니까 그러지. 시집가고 내가 말을 안 듣는 게 아니라 엄마야말로 앵무새가 된 줄 알았어. 아니면 엄마 혹시 친정 엄마 AI야? 요즘엔 기계도 그렇게 똑같은 말만 반복 안 해. 하여튼 실상을 모르고 글로만 배운 사람이 더 무섭다니깐. 며느리는 뭐 감정도 없고 쓸개도 없는 사람인가? 덮어놓고 시부모님, 남편 걱정만 하면서 살아? 엄마가 며느리 도리를 글로 배워서 그래. 그 애환을 모른다고. 며느리는 내가 선배야."

장난을 섞어가며 엄마를 놀리거나 수다를 떨 때 마음이 편했다. 하지만 언젠가부터 시작과 끝을 '며느리의 도리'로만 이어가는 대화가 섭섭하게 느껴지기도 했다.

돈을 많이 못 벌어도, 잘나지 못해도, 분명 나만의 인생이 있다고 생각했다.

*

신혼 초, 뻔질나게 시댁을 드나들 때가 있었다. 12월, 결혼을 시작으로 신혼여행 후 인사, 친척 어른 인사, 시어머니 생신, 설, 고모네 돌잔치, 시아버지 생신, 어버이날, 여름휴가, 세 번의 복날, 추석, 가족 모임 식사, 시부모님 병문안에서 다시 시어머니 생신으로 이어지는 무한 루프를 발견하고서야 한 걸음 물러날 수밖에 없었다. 나는 오랫동안 끙끙대며 꾸려나가는 일이 있었고, 그 일을 움직이는 건 자본이 아니라 시간과 노동이었다. 엄마는 직접 차린 생일상에 딸이 함께 앉기만 해도 기뻐했고, 거리가 가깝지도 않은 어버이날과 생신, 명절을 함께 뭉뚱그려 용돈을 드려도 그저 고마워하셨다. 그것조차 드리지 못할 때도, '엄마 미안해' 하면 충분했다.

"힘들면 돈 부쳐 줄까?"

힘들게 살아도 딸자식을 위한 주머니는 항상 열어 놓고 사는 엄마를 생각하면 영혼을 갈고 있어도 힘이 났다.

결혼 첫해 시아버지, 시어머니 생신날이었다. 가족 행사가 잡히면 남편의 누나가 시간과 장소를 통보해 줬다. 생일 식사 자리는 다행히 외식으로 대체되었다. 평소 살림에 서툴다는 딸들을 앉혀두고 내내 종종거리며 음식을 준비하는 시어머니는 차마 자신의 생일날까지 그럴 수는 없었을 것이다. 그렇다고 대가족을 앉혀놓고 며느리 혼자 주방에 서 있게 하는 것도 마땅치 않았을 테니 외식은 어쩔 수 없는 선택일지도 몰랐다. 하지만 모임 시간을 언제나 사위의 스케줄에만 맞췄다. 시간을 맞추자니 번번이 허둥지둥 시부모님을 모시고 식당으로 가야 했다.

그날은 시어머니의 생신 자리로 큰 중식당의 룸이 예약되어 있었다. 시부모님과 우리 부부, 그리고 고모네 세 식구가 자리를 함께 했다. 각자 짜장면이든 짬뽕이든 식사하나씩 주문했고, 회전판에는 탕수육이 놓였다.

"어른 여섯 명이 와서 방까지 예약하면 요리가 막 들어갈 거라고 기대할 텐데, 이거 어쩌냐 허허."

언제나처럼 시아버지의 농담으로 시작한 저녁 식사 자리는 화기애애했다. 평소 음식 남기는 것을 좋아하지 않는 우리는 짬뽕 한 그릇을 나눠 먹곤 했는데 그날도 별생각 없이 둘이서 짬뽕 하나만 주문했다.

"탕수육이 올려진 회전판이, 내 앞에서는 한 번도 멈추지 않더라고."

"그걸 어째. 그때 새색시가 할 수 있는 일은 먹는 거밖에 없는데. 누가 어디 말이라도 걸어주나."

"맞아, 맞아. 짬뽕 한 젓가락 먹고 할 일이 없어서 멀뚱멀뚱 단무지만 쳐다보고 있었다니까."

"손을 뻗어서 회전판을 네 앞에 딱 멈췄어야지."

눈이 동그랗게 커져서 언니를 쳐다봤다.

"어떻게 그래? 애들도 탕수육 좋아하잖아. 그리고 사위

가 먹성이 어찌나 좋은지 돌림판이 휙휙 돌아가는데 내가
그걸 어떻게 멈춰."

"사위는 먹는데 며느리는 왜 못 먹어? 너도 막 먹지 그
랬어?"

남편의 가족 간에 오고 가는 대화 속에도 마땅히 맞장
구칠 구간을 찾지 못해 듣고만 있었다. 며느리는 철저히
배제된 대화의 흐름 속에서 시선 둘 곳을 몰라 단무지만
쏘아보고 있었다. 애당초 탕수육은 고모네 가족 앞에 고
정된 지 오래였고, 엄마와 딸 사이의 대화는 무르익어가고
있었다. 나는 쭈뼛쭈뼛한 모습이 멋쩍어서 그저 지나가는
짬뽕 면발이라도 좀 휘젓고 싶은 심정이었다.

"그때부터 남겨도 내 음식을 꼭 시키게 됐어. 가족 간이
라도 일종의 신입이 들어왔는데 말도 걸어주고 그러면 좋
을 텐데…."

"됐어. 조용히 밥이나 먹고 오면 되지. 집에서 하면 상
차려야지, 상 치워야지, 그 정도면 감사한 거야. 어떻게 할
지 고민만 일주일 해야 된다니까."

오랜만에 마주 앉은 언니는 짬뽕을 보자 떠오른 내 기
억에 웃음을 터트리면서도 위로를 건네주었다.

"그래도 언니가 엄마처럼 AI가 아니라서 다행이다."

"결혼 첫해는 생일상을 차려 드렸어야지. 너도 참….."

"드디어 친정 엄마 등장이오!"

옆에서 내내 딸들의 이야기를 듣고만 있던 엄마는 표정이 굳어지고 있었다.

"그다음 시아버지 생신에는 내가 또….."

나는 고개를 푹 숙이고 과장되게 들썩거리며 우는 시늉을 했다.

"엄마도 생각나지? 나 손 다쳐서 팔 깁스한 거?"

"정말이야?"

"응, 일하다가 손 다쳐서 꿰맸는데 병원에서 거의 팔뚝까지 깁스를 해놓은 거 있지. 병원에서도 내가 결혼 후 시아버지의 첫 생신을 앞둔 며느리인 줄 알았던 거지. 큭큭."

"아이고, 너 내 딸 맞아? 내가 이렇게 키운 거야?"

"엄마는 또 무슨 소리를 하려고? 칼 쓰고 가위 쓰면 손 다치기 예사지. 그게 잘못도 아닌데."

"이제 안 들으련다."

"엄마한테도 자세히 말 안 했어. 그때도 이렇게 딸 걱정은 안 하고 세상 무너지는 소리를 하면서 얘기하지 말라고 그러셨어. 근데 더 문제는 나 일본 가는 날이 딱 아버님 생신인 거야."

"아니 그걸 몰랐어?"

언니의 눈도 점점 커지고 있었다.

"몰랐지. 계속 물어봤는데 음력이라 자기도 잘 모르겠대. 그러면서 얘기해 준 날이 틀렸더라고. 그래서 일본 가기 전에 미리 식사라도 하면 어떨까 했더니 무슨 식당으로 오라고 먼저 말씀을 하시는 거야. 식당에 가서 방문을 여는데, 형님들께서 다 와 계셔. 에휴…. 그때 내 눈에는 시누이들이 아니라 진짜 '형님'들처럼 보였다고."

나는 양쪽 어깨를 한껏 세워 보이며 대화를 이어갔다.

"식당 안 큰 방에 들어갔는데, 형님들이 쫙…. 에휴. 형님네 가족들은… 자매들은 말할 것도 없고, 사위랑 애들까지 오랜만에 만나서 잔칫집이 따로 없고, 나는 테이블 끝에 매달리듯 앉아서…. 건너편에는 시부모님께서 앉아 계시는데 우리 쪽은 절간이 따로 없더라. 시어머니는 돌아앉으셔서 노는 애들 하나씩 데려다가 고기 먹이시고, 아버님도 별말씀 없으셨어."

"너는?"

"팔에 깁스해서 고장 난 로봇처럼 삐걱삐걱거리고 있었지, 뭐."

그때 상황이 눈앞에 펼쳐지는 것 같았다. 생신을 일주일 앞둔 식사 자리였으니 당연히 시부모님만 뵙게 될 줄 알았는데, 방에 들어섰을 때의 그 당황스러움이 아직도 느껴지는 것 같아 심장이 두근거렸다. 내내 내려진 침묵과 나를 본체만체하는 시댁 식구들의 태도는 그 어떤 꾸지람보다 주눅 들게 만들었다. 결국 한구석에서 질긴 고기를 차마 삼키지 못하고 있던 나와 남편에게 시어머니는 먼저 집으로 가라고 하셨다. 밥을 다 먹고 시댁에 가서는 어떻게 해야 할지 내내 걱정하던 나에게 한 줄기 빛과 같은 말씀이었다.

'아니에요. 저희도 가야죠. 아버님 생신인데 밥만 먹고 어떻게 가요?'라고 해야 하는 것이 며느리의 모범 답안인지 아닌지 생각할 겨를이 없었다. 사실 형님들과 함께 시댁에 가는 게 무섭고 두려웠다고 하면 오버일까.

"그 길로 후다닥 도망치듯이 집에 왔지 뭐…. 어떨 때는 시부모님보다 시누이들이 더 무서워."

"요즘 시누이들은 옛날하고 달라. 엄마 친구들도 얘기

들어보면 다 우애 있게 잘 지낸다고 하더라. 늦은 나이에 어렵게 결혼해서 너희들만 잘 살면 되지. 정 서방 누나들도 그렇게 생각할 거야. 너도 너무 그렇게 생각하지 마. 살다 보면 제대로 못 챙길 수도 있고, 그러면 다음에 더 신경 쓰면 되는 거야."

모범생처럼 또박또박 내뱉던 엄마의 '며느리 도리론'도 처음과 다르게 많이 누그러져 있었다.

"딸 셋을 내리 낳고 얻은 아들이니 며느리 기대도 크셨겠지. 네가 잘하면 되는 거야."

"형님들까지 감시하고 있는 것 같단 말이야. 시댁에 가면 사위들은 앉아서 TV만 보고, 상 들어오면 밥도 엄청 먹고. 그러고 잔다? 나만 부엌에서 시어머니 뒤만 따라다니면서 종종거리고 있어. 그건 잘못된 거 아니야? 며느리도 남의 식구잖아."

"딸들 먹여 살리는 사위가 어렵지, 안 어려워?"

"그건 아니다. 정 서방이 나 안 먹여 살려도 엄마는 정 서방 어려워하잖아."

"누가 그렇게 살래? 그런 집에 시집 가놓고 이제 와서 누구한테 불만이야?"

"왜 또 얘기가 그렇게 흘러가."

엄마 앞에서 꽥꽥 소리도 지르고 발을 동동 구르며 화도 내지만, 그럴 수 있어서 행복했다.

*

"신혼여행 갔다 온 날 시어머니가 부엌에서 나한테 그러셨어. 딸 같은 며느리, 엄마 같은 시어머니는 없는 거라고. 그러니까 잘 지내려고 노력할 필요 없다고. 그 말을 듣고 있자니 기분이 묘하더라. 나쁜 뜻은 아니셨겠지. 그건 세 딸을 시집보낸 친정 엄마의 통찰 같은 거라고 생각했어. 시간이 지나면서 느낀 건데…. 시부모님과 며느리는 서로 각자의 역할에만 충실하면 된다는 말이었던 것 같아. 우리의 관계를 유지시켜주는 힘은 애정이 아니라 의무의 이행 여부인 거지. 그런데 철없이 계속 애정을 바란 것 같아. 나를 좀 봐주기를, 내 입장도 이해해 주기를…. 엄마처럼 말이야."

¶ 명절증후군은 사치 \

설명할 수 없는 것들이 있다. 말투, 눈빛, 감정 섞인 목소리, 분위기까지. 이런 것들을 '뉘앙스'라고 할까. 그런 것들을 제외하고 그날의 대화를 글로 옮겨 쓰면 그 대화록은 평범해 보일 수도 있다. '내가 예민한 건가. 하지만….' 내 말은 전혀 힘이 실리지 못했다. 이미 울음이 섞여 들어가고 있었다. '이건 나의 문제일 수도 있다고. 하지만.' 왠지 마음이 아팠다.

추석 당일, 시댁에서 아침을 먹고 돌아온 내 마음은 내내 무겁기만 했다. '돌덩이를 얹고 다니는 듯한 이 불편함은 언제쯤 사라질까. 아마 남편과 함께 하는 동안은 내내 내려놓기 어렵겠지.' 명절 당일 아침, 시댁에 가면 항상 아침을 드셨다고 해서 이 날은 일찍 서둘렀다. '좀 일찍 와서

아침도 같이 먹고 하지 그랬냐' 하시는 시어머니의 목소리
가 귀에 울리는 것 같았다. 혹시나 해서 전화를 드리고 출
발했는데, 시어머니께서는 '천천히 오라니깐' 하시며 불편
한 감정을 숨기지 않으셨다. 이미 시계는 8시 반을 넘기고
있었고, 통화 후 옷을 다 차려입은 채로 소파에 한참을 앉
아 있다가 시댁에 갔다. 새로 산 안방 침대에는 둘째 형님
과 아들 둘이 누워 장난을 치고 있었다. 여느 때 같으면 노
부부가 아침을 일찍 해 드시고 자식들은 언제 오나 하고
기다리고 계셨을 것이다. 하지만 '오늘은 형님이 와 계셔
서 마음이 여유롭고 든든하시구나'라고 생각했다.

모두가 말리는 누나가 셋 있는 남자와 결혼을 했다. 형
님 세 분 중, 한 분을 제외하고는 다른 지방에 살고 있었다.
아직 아이들도 어리고 시부모님과 사이도 좋아서 자주 방
문해서 며칠씩 머물다 간다. 미묘하게 형님들이 와 있거나
형님들이 올 예정이거나, 돌아간 직후에는 시부모님께서
더 눈치를 주시는 것 같았다. 그럴 때면 집으로 돌아와 우
스갯소리로, "형님들께 단단히 교육이라도 받으셨나" 하
고 남편에게 말하곤 했다.

한 번은 어버이날 퇴근 후에 시댁에 갔는데 마침 아버

님 전화가 울렸다. 통화 버튼을 누르니 둘째 형님의 우렁찬 목소리가 들렸다. '여보세요'도 없이, "걔는 꽃이라도 한 송이 들고 왔다 간 거야, 어떻게 된 거야?"라는 말에 "으, 응…. 다 와 있다" 하시며 스피커폰 버튼을 눌러서 얼른 꺼버리셨다. 순간, 가게에서 하루 종일 종종거리며 나를 도왔던 엄마가 생각났다. 그 시간 엄마는 가게를 지키고 있었고, 나는 시부모님께 인사를 드리러 간 것이었다.

평소에 시부모님은 약간 기가 죽은 듯 쓸쓸한 분위기를 연출하실 때가 많았는데, 형님들의 지원을 받은 날은 확실히 차이가 있었다. 이제는 소식을 듣지 않아도 시댁에 형님들이 왔다 갔거나 올 예정이라는 것을 알 수 있다.

*

시어머니께서 불편한 기색이 역력한 채로 아침을 준비하기 위해 주방으로 향하셨다.

"자네 몸살 난다. 이제 며느리한테 다 맡겨요."

"제가 할게요. 뭐부터 할까요?"

씩씩하게 주방으로 향했지만 이내 좌절하고 말았다. 명절증후군이라던가. 명절 내내 음식이며, 설거지에 몸이 지치고 피곤하다는데, 나에게는 그런 것이 없었다. 그 사실을 좋아해야 할지 선뜻 판단이 서지 않았다. '살림에 자부심 있는 시어머님' 또한 그 못지않게 어려운 산이었다. 며느리의 손짓 하나조차 못마땅한 시어머니는 도통 곁을 내주지 않으셨다. 음식 준비하랴 주방 정리하랴 끊임없이 싱크대에서는 물이 흐르고 가스 불이 화르르 켜졌다 꺼지고 그릇과 접시가 부딪치고···. 시어머니가 어느 때보다 요란스럽게 주방 일을 하시면 옆에는 아내가 안쓰러운 시아버지가 안절부절못하고 계셨다. 며느리에게 맡기라는 시아버지와 눈길도 주지 않는 시어머니 사이에서 어디로 가야 할지 몰라 앉지도 서지도 못하고 울고 싶은 심정이었다.

아이들은 소파에 대자로 누워 TV를 보고 침대를 오가며 노느라 정신이 없었다. 형님은 안방 문을 꼭 닫아 놓고 기척도 없으시고 아침상을 차리시는 시어머니 옆에 서서 대기하고 있던 나는 마치 혼자만의 세상에 갇혀버린 것 같았다.

"어머니, 전 데울까요? 밥 풀까요? 반찬 꺼낼까요? 어머니, 국 떠 놓을까요? 수저 놓을까요?"

모든 말에 시어머니는 그저 "내가 하마"로 대답했다. 그러면 재빨리 "어머니, 뭘 이렇게 많이 준비하셨어요? 너무 고생하셨겠어요"라며 아부 모드로 전환했다. 그 말을 듣고 계시던 시아버지께서 "너희 엄마가 음식 준비한다고 얼마나 고생했는지 아느냐? 어제 좀 오지. 응?" 하고 큰소리를 내자 남편이 끼어들었다.

"추석 당일에 올 거라고 했잖아."

말 없는 아들이 모처럼 언성을 높이자 시어머니께서도 덩달아 언성이 높아졌다.

"그래, 내가 뭐라 하더냐. 아무 말 안 하고 있다."

시어머니가 아무 말도 안 하신 것 맞다. 하지만 점점 울고만 싶어졌다. 넓지 않은 주방에서 내내 서 있기만 하기도 쉬운 일이 아니다. 그렇다고 가만히 앉아 있을 수는 없었다. 앉는다는 건 아들과 딸, 사위에게는 허락된 일이었지만 며느리에게만은 허락되지 않은 일 같았다.

'제발 뭐라도 하게 해주세요!'

"다 너희들 먹이려고 하는 건데 미리 오면 좀 좋으냐."

제사가 없는 시댁이지만 언제나 음식은 넉넉하게 준비하는 편이었다. 대부분의 음식은 형님네 가족들의 식성에 맞춘 것이었다. 아이들과 함께 며칠씩 머물다 가시니 양이 많아질 수밖에 없고, 돌아갈 때 싸줄 반찬까지 생각하시는 것 같았다. 하지만 언젠가부터 아들 부부에게 이거 다 너희 주려고 해놓은 거지, 너희 주려고 사놓은 거지 하시며 알 수 없는 죄책감을 자극하셨다. 그래 봐야 한 끼 먹고 집에 오는 것이 다였고, 집에 돌아갈 때도 반찬 하나 선뜻 내주지 않으셨는데….

결혼하고 몇 년이 흘러도 여전히 깊은 거리감을 느꼈다. 밥을 먹는 내내 음식이 무슨 맛인지도 몰랐다.

"갈비 너무 맛있어요."

"맛있기는 뭐…. 문어는 처음 해 본 거라 잘 못 썰었나 봐. 잘 안 먹네."

"예쁘게 잘 써신 것 같은데요."

"그건 아닌 것 같다."

냉랭한 대답에 점점 얼굴이 달아올랐다. 게다가 시부모님이 식사를 빨리 끝내고 일어나자 그 자리에 남아 계속 밥을 먹고 있기가 불편했다. 남기지 않고 다 먹자니 계속 앉아서 먹고만 있는 며느리가 얄미워 보일 것 같았고, 그렇다고 빠르게 입에 다 쑤셔 넣자니 가냘픈 시어머니가 보기엔 절로 눈살이 찌푸러질 장면 같았다.

설거지라도 꼭 해야겠다고 생각하고 허겁지겁 밥을 먹

고 자리에서 일어났다. 시어머니에게 또 제지당하기 전에 빨리 해보겠다고 그릇을 나르고 있는데, 아뿔싸, 양념이 남은 반찬 접시 위에 그대로 국그릇을 쌓은 것이 문제였다. 그릇을 하나하나 나르면 그러다 언제 다 하겠냐고 하실 것 같아 마음이 바빠진 것이다. 빈 그릇을 포개어 나르다가 접시에 남은 반찬 양념이 국그릇에 묻는 바람에 또 주방에서 퇴장당해야 했다. 시어머니는 접시에 남은 양념과 국그릇 바닥에 붙은 양념을 정성스럽게 닦아내고 있었다. 남편을 바라봤다. '어차피 씻을건데 상관없는 거 아니야? 나도 집에서는 깔끔하게 하는 사람인데…. 왜 시댁에만 오면 모자란 며느리가 되는 걸까?'

동의를 구하는 눈빛을 남편은 알아차리지 못한 것 같았다. 유난히 깔끔하게 설거지를 하는 시어머니 옆에서 벌을 서다 결국 시아버지의 눈총까지 견딜 수밖에 없었다.

과일이라도 먹어라, 하시며 설거지를 마친 시어머니가 과일을 내어주셨다. 과수원 바닥에서 주워온 듯한 사과 두 알과 한 면이 이미 거뭇해진 반쪽짜리 배였다.

"엄마, 이거 사온 거 맞아? 주워온 거 아니야?"

사과가 상해 있어서 칼로 깎기도 쉽지 않았다. 혼자 하시니 아침상을 차리는 데도, 치우는 데도, 설거지를 하는 데도 시간이 오래 걸렸다. 시계는 벌써 12시를 가리키고 있었다. 벌 서는 시간도 덩달아 늘어날 수밖에 없었다.

그때 둘째 조카가 칭얼거리는 소리가 들렸다. 형님은 원래 아침을 늦게 먹는다며 식사 중에 나와 보지 않으셨지만 아이들은 배가 고픈 것 같았다. 과일을 달라고 조르니 냉장고에서 멜론이며 샤인머스캣 같은 과일이 줄줄이 나왔고, 형님은 멜론을 썰어서 방으로 가지고 들어가셨다. 그제야 내 앞에도 멜론이 몇 조각 놓였다. 아이들이 먹는 과일에 욕심이 난 것이 아니었다. 다만 딸과 며느리의 멀고 먼 차이를 실감했을 뿐이었다.

벌써 점심때를 지나고 있었다. 아무래도 형님과 아이들이 밥을 먹을 수 있도록 자리를 내주어야 할 때가 온 것 같았다. 차라리 다행이었다. 며느리는 조용히 퇴장할 수 있었다. 하지만 시아버지는 끝까지 긴장을 놓을 수 없게 만드셨다.

"친정에서 점심 먹고 이따가 애들 내려오면 다시 오거라. 벌써 출발했다더라. 반찬도 좀 가져가고. 집에 먹을 것도 없을 텐데."

하지만 시댁에서 혼자 저녁을 먹고 늦게 돌아온 남편은 빈손이었다. 시부모님은 결국 저녁에 나타나지 않은 며느리에게 마저 남은 벌을 줄 생각이셨던 걸까.

"이상하지 않아? 오늘 부모님 댁에서 말이야…. 형님이랑 당신은 참 편안해 보이던데, 나만 왜 안절부절못하고 내내 아버님, 어머님 눈치만 살폈던 걸까? 정작 나야말로 생판 남의 자식인데 말이야. 어디서부터 잘못된 거야?"

그 순간 내 태도가 가장 잘못된 걸 알고 있었다. 그걸 알면서도 바꿀 수 없었던 건, 깊이 박혀버린, 이제는 고칠 수 없는 오랜된 관습 때문인지도 몰랐다. 그 관습은 엄마의 당부 속에도 있었고, 사람들의 이야기 속에도 있었고 TV 드라마 속에도 있었다. 무엇보다 시부모님의 태도 속에 강하게 자리 잡고 있었다. 결국, 알 수 없는 죄책감과 서러움 속에서 내내 아파해야만 했다. 그 관습 안에서 며느리는 가족이 아니었다.

¶ 가족이 될 수 있을까 \

일요일 아침, 전화를 붙들고 있는 남편은 내내 "알았어. 보고 갈게. 아, 알았다니깐…." 이 말만 반복하고 있었다. 무슨 일인가 하고 힐긋힐긋 보다가 전화기를 내려놓는 남편을 보고 걱정스럽게 다가갔다.

"무슨 일 있어?"

"아니. 엄마가 전기장판에 불이 안 들어온다고. 한 번 봐달라고. 얼마 전에는 TV가 안 나온다고 하시더니…."

연세가 많은 부모님은 종종 전자제품이 말을 듣지 않거나, 쇼핑이 필요할 때 아들에게 도움을 요청하신다.

"갑자기 쌀쌀해져서 전기장판이 필요하실 텐데 가봐야 하는 거 아니야?"

남편은 잠깐 고민하는 표정이 되었다. 내내 일로 채워

진 일주일 중에 하루는 집에서 편안하게 쉬고 싶은 마음도 있을 것이다. 남편은 귀찮은 내색을 노골적으로 드러내는 성격은 아니지만 그렇다고 부모님 일이라면 앞뒤 없이 뛰어나가고 보는 효자도 아니었다.

엄마도 보일러나 새로 산 전기밥솥이 잘 작동하지 않을 때 도움을 요청하곤 하셨다. 양가 부모님 모두 만날 때마다 코앞에 스마트폰부터 내미는 것은 어찌 보면 당연한 일이었다. 가끔은 나도 퉁명스럽게 "엄마, 그냥 기능이 좀 간단한 제품을 써요. 이건 젊은 나도 너무 복잡해서 못쓰겠다. 무조건 좋은 게 좋은 건 아니라니까. 너무 어렵잖아" 하며 볼멘소리를 할 때가 있다. 부모님께서 점점 당신 스스로 하실 수 있는 일이 줄어드는 것만 같아 마음이 무거웠다.

"엄마, 난 일도 해야 하는데 거기까지 언제 가요?"

엄마의 전화에 말은 그렇게 하지만 딸이 올 때까지 꼼짝없이 손 놓고 있을 걸 생각하면 마음이 편치 않았다. 먹고사는 일이 팍팍해지기만 하는데 양쪽 집으로 뛰어가야 하는 일이 자꾸만 생기니 쉬는 날도 불안할 때가 많다.

"그럼, 얼른 다녀올게."

오후에나 잠깐 들르지 뭐, 하던 남편은 결국 그 말이 끝나기도 전에 옷을 챙겨 입고 집을 나섰다. 그러고는 일요일 내내 돌아오지 않았다. 다 저녁때가 되어 돌아온 남편에게 뭐가 문제였던 거냐고 물었다. 사실 묻고 싶은 건 내가 함께 가지 않은 것에 대해 혹시나 시부모님께서 언짢아하시지는 않았냐는 것이었다.

"아니, 별것도 아니었어. 전원을 길게 꾹 누르면 켜지는 거였는데 엄마가 몰랐나 봐. 간단하게 해결했지 뭐."

"점심은 먹고 온 거야? 벌써 저녁 시간이 다 됐는데…."

"응, 고생했다고 장어 사주시던데. 집에 가니까 밥 먹으러 나갈 준비를 다 하고 계시더라고. 저녁은 안 먹어도 될 것 같아. 아직 배부르다."

"어머님, 아버님께서 아들 맛있는 거 먹이고 싶으셔서 연기 좀 하셨나 보다. 그치?"

"호호, 그런가?"

"저번에는 식탁 보러 가자고 불러내서 소고기 사주셨잖아."

'혼자 있는 부인 것도 챙겨오면 안 되나?' 라는 말이 튀어나오다가 같이 가면 더 좋았잖아, 라는 말이 나올 것 같아 다시 말을 삼켰다. 맞는 말이다. 일요일인데 모처럼 남편과 함께 시댁에 가서 이것저것 불편한 것도 봐 드리고 함께 밥도 먹고 오면 더없이 좋았겠지만 왠지 선뜻 내키지 않았다.

친정 엄마한테 맛있는 거 좀 사드리려고 해도 사위 없이 우리끼리 먹는 거 편치 않다며 손사래를 치시고, 정 서방도 먹이라고 손에 뭐라도 하나 들려 보내려고 실랑이를 벌이기 일쑤인데 말이다. 장어가 먹고 싶다는 생각이 든 건 아니었다. 먹어본 적도 없어서 무슨 맛인지도 모른다. 그 순간 엄마가 떠올랐을 뿐이었다.

모든 것이 내 잘못인 것만 같았다. 결혼 전, 늦은 밤 차 안에서 남편과 했던 이야기가 떠올랐다. '부모님께 손 벌리지 않고 자기 힘으로 얼마나 마련할 수 있어?'라고 물었고 남편의 대답만큼 나도 돈을 마련했다. 합쳐도 얼마 되지 않은 돈이었지만, 함께 살 집을 구하고 서로에게 사준 가느다란 커플링으로 결혼반지를 대신했다. 결혼식과 신혼여행을 제외한 모든 것을 생략했다. 하지만 식을 준비하는 과정에서 엄마는 내내 안절부절못했다.

"형편이 안 되는데 무리를 해야 되는 거야? 응?"

"그게 아니야. 어른들이 얼마나 섭섭하시겠니? 네가 미움이라도 받을까 봐 걱정이다."

그 말에 기가 막혔지만 엄마의 말이 맞았는지 예비 시부모님께서는 결혼식 날이 다가와도 일절 아는 척을 하지 않으셨다. 오죽하면 남편에게 '부모님께서 우리가 결혼하는 걸 아시냐'고 농담을 건네기도 했다. 잊지 말고 결혼식에 꼭 오셔야 할 텐데… 라며.

내가 생각한 결혼은 단순한 것이었다. 좋아하는 사람을 만나 함께 사는 것. 거기에 왜 복잡한 생각들이 끼어들어야 하는지 알 수 없었다. 남편도 나도 결혼을 위해 희생하는 것을 원하지 않았다. 결혼에 의무감만 남아 고통스러워하는 사람들의 모습을 많이 봐왔기 때문이었다.

*

"그럼, 시부모님 용돈도 정 서방이 직접 주는 거야? 너는 얼마나 주는지 모르고?"

"뭐, 알아서 하겠지."

"그러면 며느리 면이 서겠니. 네 손으로 용돈도 드리고 해야 하는 건데."

그래서일까. 시부모님은 내게 아무런 관심이 없었다.

처음에는 섭섭한 마음이셨겠지만, 이내 결혼을 해도 아무 변화가 없는 아들의 일상에 오히려 안도하셨을지도 모른다. 원래 착하고 순한 성격의 아들이고 굳이 며느리를 거치지 않아도 되니 아들과의 관계는 결혼 전과 다름 없을 것이다. 시댁에서 겉도는 나를 엄마는 몹시 걱정했다.

"그럼 자기 부모님께 잘하는 걸 뭐라고 해? 자식이면 당연한 거 아니야? 나도 엄마한테 잘하잖아."

"네가 잘하긴 뭘 잘해. 뭐든지 다 알아서 한다고만 하고 찬바람이 쌩쌩한 것이."

딸의 강한 독립심이 키우는 동안은 의젓하게 느껴졌지만 이제는 안타깝기만 한 것 같았다. 뭔가 말로 표현할 수 없는 두려움이 나를 덮쳐왔다. 남편은 지금 내 유일한 가족이었다. 하지만 얽히고설키는 관계에는 부담을 느꼈다. 그래서 지금 우리 두 사람을 연결하고 있는 것은 '사랑'이라고 부를 수 있는 것뿐이었다. 그것이 서로에게 얼마나 단단한 고리가 되어줄 수 있을까.

"우리는 아이도 없고 재산도 없고 얽힌 게 아무것도 없잖아. 언제든 각자 집으로 돌아가고 싶다 하면 그뿐이야."

"돌아가다니 무슨 소리야?"

그날 밤, 잠에서 깨 갑자기 이런 말을 하는 나를 남편은 어이없다는 듯 쳐다봤다.

"왠지 우리는 가족이 아닌 것 같아. 여전히 자기는 어머님, 아버님 가족인 것 같단 말이야. 나는 거기에 속할 수 없다고…. 서로 사랑하지 않게 되면 우리 관계도 끝나는 거야? 그런 거야?"

사랑도 언젠가 식는다는데…. 그 후에는 어떻게 되나? 왜 사람들이 복잡하게 얽히고설켜 살아가는지 이해할 것도 같았다.

"며느리 도리를 안 하면 가족도 아닌가?"

생각이 생각의 꼬리를 물고, 마음속에서 장어는 어느새 상어로 돌변해 나를 집어 삼킬 지경이었다. 나는 이 결혼을 유지시켜줄 아무런 패를 갖고 있지 않다는 사실을 문득 깨달았다.

"내 자식과 함께 사는 사람인데 따뜻하게 감싸주실 수도 있는 거잖아."

"아니야. 그런 게 아니야."

"알아. 지금 내가 이상하게 군다는 거. 솔직히 말하면 한 번도 따뜻하게 대해 주신 적 없으니까 나도 며느리 노롯 하기 싫어. 하지만 뼛속까지 박혀 있는 도리에 대한 강박 때문에 죄책감이 엄청 나단 말이야. 우리 엄마가 딸 미움 받을 생각에 안절부절못하시는 것처럼 나도 그래. 도리고 뭐고, 복잡한 생각 없이 나는 그냥 당신의 가족이 될 수는 없는 거야?"

결혼은 어쩌면 철저한 파워 게임일지도 몰랐다.

4
부

각각의
사정

¶ 누가 행복했을까 \

어린 시절, 외할머니 손에서 자랐다. 외할머니는 우리
집과 시골 외삼촌네를 오가며 생활하셨는데, 학교에 입학
하기 전까지는 외할머니가 시골로 가실 때면 나도 그 억센
손에 이끌려 함께 가야 했다. 부모님은 모두 새벽이면 일
터로 나가고 해가 지고 나서야 돌아왔으니 방법이 없었다.
할머니의 손에 이끌려 네 명의 외삼촌 집을 떠돌 때, 불청
객을 바라보는 싸늘한 눈빛과 냉랭한 분위기를 어린 나 역
시 느낄 수 있었다. 외할머니가 다시 돌아올 곳은 막내딸
집뿐이었다. 딸집에 얹혀산다는 동네 사람들의 수군거림
도 어쩔 수 없는 노릇이었다. 하지만 우리 집은 내가 고등
학교를 졸업할 때까지 남의 집 문간방을 전전해야 했으니,
나는 언젠가부터 외할머니가 얼른 시골로 내려가시기만

바랐던 것 같다. 외할머니가 만들어내는 집안의 잡음과 불편한 생활이 마음을 더 무겁게 만들었다.

사이가 좋지 않고 내내 투닥거리는, 게다가 누구네 집 문간방에 세 들어 사는 딸에게 의탁해 계시는 것이 외할머니라고 편안했을까. 하지만 성격이 대차고 사사건건 잔소리를 해대는 통에 며느리들은 못 살겠다고 했다. 게다가 할아버지가 일찍 돌아가셔서 외할머니는 재혼으로 엄마를 낳았다. 외삼촌들은 재혼한 외할머니를 여전히 마음으로 받아들일 수가 없었던 모양인지, 아내의 푸념을 핑계로 외할머니를 끊임없이 밀어내고 있었다.

*

고등학생 때였다. 누군가의 고함 소리에 놀라 골목으로 뛰어 나가보니 외할머니가 바닥에 반쯤 엎드려 있었다. 그 옆에는 집에서 쓰던 밥그릇이며 반찬통, 숟가락 같은 것들이 흩어져 있었다.

"도시락을 가져가야 하는데, 아이고 우리 아 배고플 텐데…. 이를 어쩌노. 빨리 밥 갖다 줘야 하는데…."

흐느낌에 가까운 목소리만이 텅 빈 골목을 가득 채우고 있었다. 얼마 후 외할머니는 치매 판정을 받으셨다.

지나간 시간이 다 아픔이기만 하다면 그 사람의 머릿속은 어떤 기억들로 채워져 있을까. 어쩌면 그것은 빈 공책 같은 거라고 생각한 적이 있다. 가끔 어떤 기억을 떠올리려고 할 때 머리가 텅 빈 것 같은 기분이 든다. 할머니가 울부짖던 그 골목 역시나 기억해 보려 해도 사진처럼 박혀 있는 한 장면 외에는 아무것도 떠오르지 않는다.

내가 대학생이 되었을 때 외할머니는 더 이상 시골 외삼촌댁으로 내려가지 않으셨다. '당연히 네가 모셔야 한다'는 외삼촌들의 말에도 엄마는 싫은 소리 한 번 하지 않았다. 가족을 먹여 살릴 수 있는 건 여전히 엄마뿐이었으니 외할머니를 돌보는 일은 결국 내 몫이 되었다.

"수연이 데리고 다니면서 키운다고 얼마나 고생하셨는데, 이제 와서 할머니를 모른 척하면 안 되지."

외삼촌의 목소리가 전화기를 넘어 내 귀에도 들려왔다. 아무도 내 의견은 묻지 않았다. 그것은 나를 키워준 외할머니에 대한 당연한 도리라고 했다. 아들들의 집을 떠돌며 며느리들의 차가운 시선에도 내 손을 놓지 않았던 외할머니. 아버지가 달라 키우는 내내 안쓰러웠던 막내딸. 그 딸의 막내딸인 내가 떠돌이 생활의 모든 이유는 아니었다 해도, 달리 무슨 말을 할 수 있었을까.

외할머니는 하루 종일 밥을 달라고 했다. 하루에도 몇 번이나 밥상을 치우고 앉을라치면 또 악을 써댔다. 잠시 잠잠해졌나 싶으면 아무 옷이나 마구 껴입고 집에 가야 한 다며 문을 두드렸다. 문에는 자물쇠가 채워져 있었지만, 외할머니의 양쪽 발에는 이미 다른 신발이 각각 꿰어져 있 었다.

"할머니, 어디 가려고 그래? 여기가 집인데. 응?"

"아, 집에요. 해질 때 돼서 빨리 가야 한단 말이오."

외할머니의 팔을 붙들고 끌어 봐도 꿈적도 하지 않았 다. 그럴 때는 힘이 장사처럼 세져서 내 손길 정도는 아무 렇지 않게 뿌리쳤다. 실랑이를 벌인 지 한참만에야 내게 눈길을 준 외할머니는 '근데 아주머니는 누구요?' 하고 묻 곤 했다. 나를 빤히 보고 있던 외할머니의 눈. 주름이 자글 자글한 얼굴에 난 작은 구멍 두 개가 그저 텅 빈 것 같았다. 외할머니는 그때 어디를 헤매고 있었던 걸까. 내가 힘이 다 빠져서 털썩 주저앉을 때면, '그런데 밥은 안 줄 거요?' 하는 목소리가 뒤에서 들려왔다.

외할머니는 결국 요양병원에서 돌아가셨다. 취직을 해

서 직장에 다닐 때였다. 백 살이 멀지 않은 외할머니는 치매가 심해지는 것 말고는 건강에 아무런 이상이 없었다. 하지만 그것이 자식으로서 더 힘든 일이었을까. 매일 저녁 전화통을 붙들고 울먹이는 엄마에게 외삼촌들은 아무 말도 하지 않았다. 결국 외할머니는 요양원으로 가셨고, 침대에서 떨어지는 바람에 고관절 뼈가 부러져 돌아가셨다. 끝까지 수술을 고집하며 외할머니의 병상을 지키던 엄마를 기억한다. 퇴근 후 병원에 드나들던 그때, 나는 어떤 기도를 했을까. 할머니가 수술을 받고 무사히 일어나기를 바랐을까? 아니면 엄마가 이제 그만 무거운 짐을 벗을 수 있기를 바랐을까.

*

"무거운 짐이라니. 그런 소리 하지 마라. 우리 엄마가 지금까지 살아 계셨으면 얼마나 좋을까 싶은데…. 어떤 날은 아침에 일어나면 혹시 엄마가 저 작은방에 누워 계시는 건 아닌가 싶어서 방문을 열어볼 때도 있어."

시간이 흐른 후 그때를 떠올리며 엄마는 이야기했다.

장례식은 철저하게 큰외삼촌과 그의 장남인 사촌오빠를 중심으로 진행되었다. 큰 특실에 외할머니의 영정 사진

181

이 놓이고, 장례식장은 손님으로 발 디딜 틈이 없었다. 그곳에 내 자리는 없었다. 기분이 이상했다. 외할머니 인생의 마지막을 함께했던 건 나였는데, 누구보다 죄책감에 괴로워하는 것도 나인데⋯. 외할머니를 생각하며 펑펑 울 수 있는 자리도 없는 상황이, 그럴 생각도 없는 내 자신이 신기하기만 했다.

대낮에도 어둑했던 작은 방에서 할머니가 가르쳐 주었던 글자들. 글자라기보다 그림에 가까웠던 그것은 외할머니가 싸리 빗자루로 맞아가며 몰래 익힌 것이라고 했다. 학교에 들어가면서 할머니의 글자들이 조금씩 다 틀렸다는 걸 알았지만, 지금도 가끔 그 글자들을 떠올려 보려고 애를 쓴다.

"엄마, 그런데⋯ 그때 난 힘들었어. 외할머니한테 감사하기보다⋯ 외할머니가 싸주시는 도시락이 초라해서 부끄러웠어. 다른 애들은 다 엄마가 돌봐주니깐 예쁘고 반들반들해 보였는데 나만 구질구질해서는 도시락까지⋯ 모든 게 다 그랬어."

"그때는 사는 게 너무 힘들어서 너희들을 돌봐줄 정신이 없었어. 다들 그렇게 살았어⋯."

엄마의 목소리는 낮고 기운이 없었다. 오랜만에 할머니를 떠올려서일까.

"중학교 1학년 때였나? 외할머니한테 엄마가 나를 왜 낳았냐고 물은 적이 있거든. 내가 태어나서 엄마는 행복했을까 궁금해서 말이야. 오히려 내가 태어나서 할머니도 너무 힘들고, 엄마도 힘들고… 사실은 나도 힘들었으니깐."

"그러니까 할머니가 뭐라고 하셨어?"

"그런 말 하면 못쓴다. 서방 때문에도 얼마나 애태우고 사는데, 너까지 그런 말 하면 너희 엄마는 무슨 낙으로 살겠냐. 그러면 못쓴다'고 막 혼내셨어."

엄마의 눈은 어느새 외할머니를 찾아 먼 곳을 헤매고 있었다.

"외할머니한테 내내 죄송한 마음으로 살았어. 사실은 외할머니가 우리 집에 오시는 게 싫었거든. 우리 집에 오지 마시라는 말을 못 하는 엄마도 미웠어. 그러면서 다들 나한테만 보답해야 한다는 식으로 말하는 외삼촌들도 미웠어. 하지만 그런 생각을 하는 내 자신이 제일 미웠어. 그때 결심했던 거 같아. 이 담에 어른이 되어도 결혼도 하지 않고 가족도 만들지 않겠다고 말이야. 가족이 함께 사는 건 끊임없이 서로에게 희생을 강요하고 그래서 서로를 미워하고 결국에는 자기 자신까지 미워하게 만드는 일 같았거든. 누구 하나 행복하지 않은데 말이야."

'그 힘든 시간을 견뎌왔는데 뭐가 남은 거야? 무엇을 위해서 그렇게 살았던 거냐고. 나는 궁금해. 우리 가족 중에 과연 누가 행복했을까.'

*

불행해질까 봐 항상 겁을 내는 딸이었다. 미련하리만치 자신의 의무를 끌어안고 있는 엄마가, 끈덕지게 들러붙어 숨통을 막는 많은 역할들을 다른 사람에게 떠넘겨 버리지 못하는 엄마의 인생이 결국 내 발목마저 잡을 것 같았다. 내가 인생의 어느 시점에서 결혼을 생각했을 때, 엄마를 떠올린 건 어쩌면 당연한 일이었다.

¶ 부모라는 이름의 부부 \

　아버지에게 애인이 있다는 것이 새삼스러운 일은 아니었다. 아버지가 돌아오지 않는 밤이면 엄마는 전래 동화나 되는 것처럼 두런두런 옛날이야기를 끄집어냈다. 그것은 이상하게도 평화로운 풍경으로 기억되었다. 전쟁 같은 그 시절에 몇 안 되는 평화로운 풍경으로.

　"수민이 낳을 때 병원가려고 모아둔 돈까지 들고 나간 적도 있어. 내 참. 아등바등 일해서 적금 부어놓으면 기를 쓰고 뺏어서 들고 나가. 아이고, 고생한 거 말로 다 못 하지…. 암…. 못 해."

　엄마가 말하기 숨차다면 내가 더 해줄 수 있다고 생각했다. '너네 아빠가'로 시작하는 그 이야기들은 어릴 때부터 귀에 못이 박히도록 들어 잘 알고 있었다. 눈물에 번진

뿌연 유년 시절 기억은 집을 나서는 아버지와 그걸 말리는 엄마의 모습으로 채워져 있었다. 기어이 못 나간다고 말리는 엄마도 집안 물건 대부분이 방바닥에 패대기쳐져 박살이 나고 나면 더는 도리가 없었다. 다 부서진 살림살이들 속에서, 엎어진 밥상을 앞에 두고 아버지가 집에 돌아오지 않는 많은 밤들을, 엄마는 나에게 그 이야기들을 쏟아내며 버텨왔던 것일까. 하지만 그것은 포탄이 빗발치던 전장에 잠시나마 찾아온 휴식 같은 시간이었다.

*

40년이 넘는 시간이었다. 부모라는 이름의 어떤 부부가 사는 모습을 지켜봐 왔다. 가족, 사랑, 믿음, 희망 같은 액자 속의 말보다 빚, 바람, 외박, 도박, 이런 단어를 먼저 배웠다. 천장에 간장 자국이 아직 선명한데 밥상은 엎어지고 또 엎어졌다. 어린 시절 집안의 물건은 대부분 다 박살이 나서 멀쩡하게 남아 있는 것이 없었다. 다 때려 부숴버린다. 불 싸질러버린다. 다 죽여 버린다…. 어린 내가 동요보다 더 많이 듣고 자란 것은 이런 말들이었다.

"기억나? 어릴 때, 우리 공장에서 살 때 말이야. 아버지가 바나나랑 빵게를 창고에 숨겨놨던 거. 아버지가 김 양준다고 사서 창고에 숨겨놨는데 엄마가 찾아냈잖아.”

“아, 기억나. 옛날부터 너네 아빠 덕분에 형사가 다 됐어. 화장실 가려고 나왔는데 창고에서 너네 아빠가 얼쩡거리기에 들여다봤더니 글쎄….”

“나는 자다가 와장창하는 소리가 나서 벌떡 일어났던 거 같은데. 또 무슨 일인가 싶어서 뛰어나왔지. 그때 바나나며 빵게가 마당에 널브러져 있는데 얼마나 놀랐는지 몰라. 엄마, 나 그때 바나나랑 빵게를 실제로 처음 봤어. 그 시절에는 엄청 비싼 거였잖아. 돌아가신 할아버지, 할머니가 오신다 해도 그런 걸 사왔을까…. 근데 그걸 엄마가 찾아냈다고 마당에 다 패대기 쳐버리다니…. 아버지도 참. 아깝지도 않았나 봐. 엄마가 마당에 주저앉아서 울고 있는데…. 나는 사실…. 그 바나나가 너무 먹어보고 싶어서 나중에 주워서 먹었어. 지금 생각해 보니까 철이 없었네. 지금도 가끔 꿈을 꾸거든. 노란 바나나랑 주황빛 대게가 팝콘 튀기듯이 사방으로 흩어지는 그런 꿈 말이야. 그런 일이 한두 번도 아니었는데, 그때 바나나를 주워 먹은 게 지금까지도 마음에 걸리나 봐. 엄마한테 미안해서…. 옛날부터 아버지는 끝없이 감추고 엄마는 끝없이 찾아내려고 했어. 그게 사람이든 물건이든 뭐든 말이야. 엄마는 왜 그랬어? 그냥 이혼하면 안 되는 거였어? 엄마가 아무리 찾아내고 또 찾아내도 그게 엄마 차지가 될 수 없다는 걸 몰랐던 거야? 이제 엄마가 불쌍하지도 않아. 그냥 이해가 안 돼. 스스로를 고문하기 위해 살고 있는 것 같아."

"남편이 돼서, 아버지가 돼서 그러면 안 되는 거야. 가정을 이뤘으면 거기에 충실해야지…. 인간이라면 그러면 안 되는 거라고."

엄마는 엄한 표정이 되어 마치 눈앞의 누군가에게 훈계하고 있는 것처럼 단호하게 이야기하고 있었다.

"아니야, 엄마가 어수룩한 거라고. 사람 봐가면서 바랄 걸 바라야지. 이럴 때는 용기내서 이혼하고 살길을 찾아가야 하는 거라고."

'엄마 살길을 찾으라고' 나는 고등학생 때도 말했고, 대학생 때도 말했고, 직장인이 되었을 때는 거의 매일매일 말했다. 마흔이 넘은 지금도 엄마에게 말하고 있다. 아버지는 부인이나 자식에게 관심이 있었던 적이 있었을까. 가족을 이룬다는 것이 과연 어떤 것인지 생각해 본 적이 있을까. 나는 고개를 저었다.

"왜 그런 사람을 붙들고 평생 괴로워하며 살고 있냔 말이야? 그것도 엄마 고집이야. 자신만의 기준으로 세상을 보고 다른 사람을 생각하면 안 된다고. 어쩌면 우리한테 더 큰 고통을 준 사람은 엄마였는지도 몰라…."

*

어린 시절, 사흘이 멀다 하고 살림을 다 때려 부수는 아버지에게 화가 나지 않았다. 증오도 하지 않았다. 그저 아버지가 시키는 일들을 제대로 해내지 못할까 두려웠고, 그래서 눈 밖에 나지 않을까 두려울 뿐이었다. 아버지 표정 하나, 숨소리 하나에만 모든 신경이 집중되어 있는 엄마는 믿을 수 없는 사람이었다. 나를 지켜줄 거라는 믿음을 가질 수 없었다. 어른이 되어 나를 지킬 수 있을 때까지 그저 숨죽이고 사는 것이, 할 수 있는 최선이었다.

"근데…. 엄마도 우리를 보고 있지 않았어. 나는 항상 엄마를 보고 있었는데…."

엄마의 모습은 뒤돌아 흐느끼며 떨리는 등이었던 적도 있었고, 설거지통 앞에서 눈물을 훔치던 손이었던 적도 있었고, 어린아이처럼 엉엉 울던 얼굴을 감싸고 있는 팔이었던 적도 있었다….

189

나는 착한 아이였다. 말도 잘 듣고, 집안일도 열심히 하고, 공부도 열심히 했다. 다들 착하다…, 누구누구는 다 컸네… 하며 칭찬했다. 하지만 그 말에 담긴 감정은 그저 자신을 난감하게 만들지 않는 아이에 대한 안도감 정도가 아니었을까. 어린 나는 가질 수 없는 것에 울거나 떼쓰지 않았고 순순히 포기하거나 받아들이는 법을 먼저 배웠다. 버티기 위해, 견뎌내기 위해서 말이다.

*

"엄마는 차라리 상황이 나을지도 모르지. 부부는 돌아서면 남이라잖아. 나는 자식이야. 만날 하는 말 있잖아. 그 피가 어디 가겠느냐. 그 피가 내 몸에도 흐르고 있는데 제대로 살 수 있을까. 잘 모르겠어. 아니면 엄마처럼 살게 될까. 딸들은 대부분 엄마처럼 살지 않겠다고 하면서도 결국 엄마처럼 산다잖아."

내가 생각하는 결혼은 한번 발을 잘못 디디면 헤어 나오기 힘든 늪처럼, 발을 시작으로 온몸에 휘감는 뻘처럼, 결국 그 무게로 자신마저 짓눌러버리는 것이었다.

¶ 주머니의 돈 \

"나이 들수록 돈이 힘이야…. 믿을 게 뭐 있어. 안 그러냐."

엄마의 한숨 소리가 전화기 안에 진하게 남아 있었다. 엄마의 얼굴을 보지 않아도 어떤 표정을 하고 있는지 알 것 같았다.

"왜 또? 무슨 일이야, 엄마?"

답답한 속을 풀 길이 없어 결국 딸의 전화번호를 누르고도 말 꺼내기를 망설이는 엄마가 안쓰러웠다.

"아니, 너네 아빠가 글쎄…."

'그럼 그렇지.'

역시나 그렇구나 하는 생각에 고개를 저었다. 엄마는 나를 볼 수 없을 테니까.

"쓰레기통에 구겨진 카드 영수증이 있어서 보니까, 무슨 댄스 스포츠 옷 파는 데서 몇십만 원을 쓴 거야."

'댄스'에 유난히 힘을 주어 말하는 목소리에 머릿속에서는, 흥겹고 관능적인 몸짓이 펼쳐지기 시작했다. 그것은 내가 아는 아버지와 전혀 어울리지 않는 모습이었다. '우리가 모르는 아버지의 세계는 관능과 흥이 넘치고 있었구나.' 그것은 무릎이 아파 뒤뚱거리며 한의원을 전전하는 엄마가 절대 속할 수 없는 세계이기도 했다.

"저번에는 금은방이더니, 무슨 댄스복이 위, 아래로 몇십만 원이야? 돈 벌어서 그 여자 갖다 준다. 집에는 돈 한 푼 주는 걸 벌벌 떨면서…. 아휴, 남사스러워서 내가. 속상해 죽겠어."

내가 별말이 없자 엄마의 목소리가 점점 잦아들었다.

"지금 걷기 운동 하고 있어. 그래도 열이 안 식는다."

"엄마, 그런 거 보면 아직도 속상해?"

"그럼, 속상하지. 다른 게 속상하겠냐. 그놈의 돈이 속상하지. 여태 돈 한 푼 집에 들여주더냐. 돈 벌어 죄다 쓰니까 흥청망청 아니냐. 집에 있는 식구는 거지꼴인데."

"엄마가 돈 좀 챙길 방법은 없는 거야?"

"그런 게 어딨어? 그 악랄한 사람을 어떻게 당해낸다고."

"그럼, 더 열심히 걸어. 한 살이라도 아버지보다 더 오래 살아야지."

"그래, 그 방법밖에 없네. 지 하고 싶은 대로 다 하고 사는 사람이 무슨 걱정이 있냐, 스트레스가 있냐. 너네 아빠는 천년만년 살 거다. 나는 아픈 데가 많아서 맨날 골골하는 데 뭐."

"장수는 유전이라고 그랬어. 외할머니 봐. 백 살 가까이 사셨잖아. 엄마도 희망이 있다니까."

엄마는 그제야 웃음을 터트렸다. 말해봐야 별수 없는 자신의 신세에 대한 자조인지, 어이없는 내 농담 때문인지 몰라도 웃으며 전화를 끊을 수 있어 마음이 놓였다.

*

엄마는 특이한 사람이었다.

"주머니에 돈이 있는 꼴을 못 보지. 암⋯."

엄마 월급은 아버지가 다 가져가 버렸다. 그걸로 부족했는지 엄마를 앞세워 은행에서 대출을 받거나 여기저기에서 돈을 빌렸다. 엄마가 비상금을 조금이나마 챙길 기회가 오면 여지없이 무슨 일이 터졌다. 외할머니가 다치거나 엄마의 멀쩡한 이가 부러지거나 내가 학교에 돈을 가져가야 할 일이 생겼다.

"아이고, 내 주머니에 돈 있는 꼴을 못 본다니까⋯."

그 말은 누구를 향해 있었을까. 마치 거스를 수 없는 운명에 대해 몸부림치듯 한탄을 했다. 꼭 어쩔 수 없는 일만 있는 것도 아니었다. 어려운 형편에도 '사람 도리'를 게을리 하지 않았고, 친척 집에 일이 생겨도 외면하지 않았다. 그 대상에는 아버지도 예외가 아니었다. 주머니를 거꾸로 뒤집어 탈탈 털어주고 나서야 비로소 편안해 보였다. 그것은 운명이라기보다 엄마의 선택이었다.

엄마는 아버지가 나 몰라라 하는 은행 빚도 묵묵히 갚아나갔다. 빚쟁이들이 찾아오면 그것도 갚아주마 약속했다. 이 일 저 일 벌이고 다니던 아버지에게 월급 받을 것이 있다고 나타난 사람에게도 만 원이든 이만 원이든 돈만 생기면 부쳐주었다.

"너네 아빠가 그걸 알까?"

한숨 섞인 엄마의 질문에 매몰차게 대답했다.

"당연히 모르지. 누가 알아주길 바란 거야? 그래서 그렇게 고생스럽게 다 갚아준 거야?”

"아니, 돈 떼먹힌 사람이 얼마나 답답할까 싶어서 조금이라도 주려고 한 거지."

"그래도 그 사람들 고맙다고 안 해. 목돈 주고 푼돈 받았는데 돈만 날린 기분이지. 아무도 엄마한테 고마워 안 한다고. 그러니까 이제 그러지 마. 아버지가 사고 쳐도 갚아주지 말라고."

아니나 다를까 엄마가 조금씩 나눠서 갚아준 돈을 다 받고도 한 푼도 받지 못했다고 하는 사람도 있었다.

자라면서 내내 엄마의 능력에 놀랐다. 그것은 미련할 만큼 성실한 노동의 힘이기도 했다. 하지만 엄마가 더 이상 일을 할 수 없게 되자 상황은 바뀌었다. 아버지는 카드로 장 보는 것 외에는 아무것도 허락하지 않았다. 카드 명세서를 꼼꼼히 살피고 적절하지 않은 것을 다 짚어내고 일정 금액 이상을 사용하면 카드를 정지하겠다고 엄포를 놓았다. 엄마는 비참함을 느꼈다. 말로 표현할 수 없는 굴욕감도 느꼈을 것이다.

아버지는 집에서 손가락 하나 까딱하지 않았다. 물 한잔까지 엄마의 손을 빌렸으며, 방의 불도 직접 끄지 않았다. 그것은 오랜 시간 보아온 아버지의 모습이었고, 내가 집에서 항상 하던 일이기도 했다. 오랜만에 집에 들렀다가 거실 바닥에 흩어져 있는 작은 약봉지들을 보았다. 그것을 한데 모아 쓰레기통에 버리며 엄마를 쳐다보았다.

"그거? 너네 아빠가 아침에 약 먹고 버린 거지, 뭐."

"쓰레기도 못 버려?"

"몰라. 갈수록 더 이상해진다. 손도 깜짝 안 해, 집에 있으면."

어린 시절 유행하던 드라마 주인공에 빗대어 아버지를 '귀남이'라고 불렀던 적이 있었다. 아버지는 이상하리만치 집에서 아무런 쓸모가 없었다. 그저 빨아놓은 옷을 챙겨 입고, 밥만 먹는 사람이었다. 그래도 우리 모두 아버지에게 쩔쩔매기 바빴으니 귀남이가 아니고 무엇인가.

"먹고산다는 건 치사하고 비굴한 거야. 어떻게든 살아야 하니깐 참고 견디는 거야. 너네 아빠랑 사는 거 나가서 일하는 거랑 별반 다를 게 없어. 여기가 내 직장이야…."

희미하게 쓴웃음을 짓는 엄마 모습에 마음이 무거웠다.

"이제 다 늙고 몸도 아파서 일하러 갈 데도 없어. 너네 아빠같이 못되고 독한 사람이, 이혼하자고 하면 오냐 하고 재산 떼어주겠냐 어디. 다 죽인다고, 다 불 싸지른다고 안 하겠냐. 이제 더 이상 싸우기 싫다. 그냥 조용히 있고 싶어. 이제 살날이 얼마나 남았다고….”

‘이혼’ 이야기를 꺼내자 엄마는 나지막이 이렇게 대답할 뿐이었다.

“진저리 나게 살았어. 이제 와서 어디 가서 뭐 먹고살겠니? 정신 똑바로 차려라. 정 서방이 아무리 착해도 여자는 돈 없으면 안 돼. 돈이 힘이야. 벌어서 모아놔야지. 일을 놓으면 안 된다. 알겠지?”

*

밤낮 일하며 아버지가 진 빚을 갚아내던 엄마. 그 작은 주머니에서 끊임없이 아버지가 가져갈 돈이 나오던 엄마. 늙고 나약해진 여자. 다 꺼내주고 껍데기만 남은 여자. 결혼이 이런 거라면, 엄마가 이런 거라면 천리만리 도망가고 싶을 때가 있었다. 결혼이 나를 절대 잡을 수 없도록.

‘일을 해야 해. 돈을 모아야 해. 남편을 믿을 수 없어.’

내내 머릿속을 지배하는 생각들로 결혼을 하고도 혼란스러웠다.

“딱 반반씩 내고 ‘여차’하면 반반씩 나눠서 각자 갈 길

가자. 알겠지?"

"무슨 랩 하는 줄 알았네."

"뭐? 나는 진지해."

민망함을 이겨내기 위해 속사포처럼 내뱉은 말에 남편이 웃었다.

"그런 일은 없어."

"뭐, 뭐가? 반반씩 못 나눈다고?"

"'여차' 할 일 없다고. 그런 일은 없어. 절대로."

"아니야. 모르는 거야."

반반 타령을 하며 끊임없이 자기 몫을 내세우는 냉정함 뒤에 숨어서 나는 사실 겁에 질려 있었다. '사람 일은 모르는 거다…. 사람 속은 모르는 거다….'

"믿었는데 뒤통수치면 어떡해? 나는 최선을 다했는데 상대는 다른 생각하면 어떡해? 어떡하냐고…."

"그럼 안 믿으면 되잖아. 최선을 다하지 마. 그냥 자기 좋을 대로 살아. 내가 믿고, 내가 최선을 다할게. 그러니까 걱정하지 마."

결혼 초, 겁에 질린 나는 엄마와 달라서 언제든 박차고 나갈 수 있다고 생각했다. 아니 그렇게 해야 한다고 스스로 다짐했다. 하지만 겁에 질린 나를 번번이 막아선 건 억압의 울타리도, 오래된 관습도 아니었다. 나를 위해 살아도 된다는, 내 인생을 살아도 된다는 남편의 따뜻한 격려가 오히려 나를 붙들었다. 머물고 싶었다. 행복해지고 싶어서 남편 옆에 오래도록 머물고 싶었다.

*

"오랜 시간 겁에 질려 있었어. 나를 희생하지 않으면 내 자리는 없다고 생각했거든. 하지만 내가 행복하지 않으면 아무것도 의미가 없다는 걸 이제 알아. 내 주변의 그 누구도 행복하지 않을 테니깐. 엄마가 그랬던 것처럼 말이야. 모두를 불행하게 만드는 가장 쉬운 방법이 뭔 줄 알아? 무턱대고 희생만 하는 거야."

¶ 엄마의 우울증이 딸에게 미치는 영향 \

"엄마, 기억나? 결혼하고 첫 설날 말이야. 내가 정 서방
이랑 집에 갔더니 엄마가 부엌에서 음식 준비하다 말고 나
와서는 둘이 어서 아버지한테 세배하라고 했잖아. 거실 쪽
돌아보니까 아버지가 떡하니 허리를 세우고 앉아 있더라.
거실 창으로 햇살이 쫙 들어와서 아버지 등 뒤가 환하더라
고…. 갑자기 그 순간이 너무 비현실적으로 느껴져서 몇
번이나 눈을 깜빡거렸는지 몰라."

"부모한테 세배하는 게 당연하지. 유별나기는…."

"정말? 그때 엄마가 이상해 보였는데…."

"뭐?"

"며느리 들어오면 병풍 산다더니, 우리 엄마도 이상하
기는 매한가지네. 사십 년 가까이 살면서 설날에 엄마, 아

버지한테 내가 세배를 한 적 있어? 세배를 어떻게 하는지도 모르는데. 시부모님한테 세배하려고 유튜브에서 공부하고 갔단 말이야.”

“인터넷에서 배웠다고? 아이고, 딸 잘 가르쳤다고 어디가면 엄마가 칭찬 많이 받겠다.”

‘칭찬 많이’를 유난히 끌면서 말하는 엄마를 새삼스럽다는 듯이 쳐다보았다.

“내가 알던 엄마가 아닌 것 같았어….”

그때, 아버지가 궁색한 살림살이를 때려 부수는 모습이 눈앞에 생생히 떠올랐다. 다 죽여버리겠다고 화를 참지 못하고 씩씩거리던 숨소리도 들리는 것 같았다. 명절 내내 초점 잃은 멍한 눈으로 천장만 바라보고 누워 있는 엄마 모습도 떠올랐다.

“엉망이 된 집안을 치우고 끼니마다 고픈 배를 눈치 봐야 했던 나는 어땠을 것 같아? 세배를 언제 배워? 엄마는…. 나는 그런 거 할 줄 모르는 사람인데…. 다른 집이 설날에 어떻게 보내는지도 나는 모른다고. 가족이 뭔지도 모르는 사람이 돼버렸다고. 그런데 엄마는 사위 들어왔다고 갑자기 다른 집 사는 거 흉내 내고 싶었던 거야? 아버지는 또 사위하고 딸한테 세배를 받고 싶으셨대? 참 이상해···.
나는 그날 부끄러워서 아버지 얼굴도 못 쳐다보겠던데. 자
식 보기 부끄럽지도 않나 봐. 엄마, 다른 사람들이 어떻게
사는지보다 자식 마음을 먼저 봐주면 안 되는 거야?"

"아니 너 나이가 몇인데 아직도···. 부모가 네 얼굴만 쳐
다보고 있으랴. 자식한테 사람 사는 도리를 가르치는 거
야 당연하지. 네 인생 네가 사는 거야. 부모 원망은 그만하
고."

*

명절을 좋아하지 않았다. 연휴 첫날이면 어김없이 시작
되는 전쟁 같은 부모님의 싸움은 반나절이면 끝나는 것이
었다. 하지만 그 뒤에 남겨진 엄마와의 시간이 끝도 없이
이어지는 미로처럼 느껴졌다. 도무지 빠져나갈 길을 찾지
못해 번번이 길을 잃고 헤매던 그곳, 그 시간들.

"장모님 모시고 바람이라도 쐬고 올까?"

여전히 아버지는 명절 첫날이면 집을 나가 연휴 내내
돌아오지 않았다. 명절이라면 질리는 언니도 친정에 오지
않았고 엄마는 혼자 남겨져 있었다. 남편은 그런 엄마를
떠올리고 있을 나를 위로해 주고 싶었던 것 같다.

"고맙지만 안 그래도 돼. 내가 나중에 가볼게."

독립을 하고 나서부터 명절이면 차라리 엄마를 외면하는 방법을 택했다. 아버지를 말릴 수도 없고, 엄마도 보고 있기 괴로웠다. 남편까지 끌어들이고 싶지 않았다.

"여보는 신경 쓰지 않아도 돼."

엄마는 전쟁 같은 시간이 지나면 다음 날 새벽, 아무렇지 않은 얼굴로 다시 일을 하러 나갔다. 그전에 자식들에게 아침밥을 먹이고, 도시락도 손에 들려주었다. 밥상에는 아버지의 밥도 차려져 있었다. 먹고살자면 어쩔 수 없었겠지만 그때 엄마는 초인적인 힘을 끌어냈을 것이다. '사람의 도리'가 엄마를 움직이게 했을지도. 그래서 집에 있을 때면 항상 지쳐 있었고, 멍한 눈으로 천장을 보며 누워 있을 때가 많았다.

언젠가부터 엄마는 물건을 버리지 않고 모아두기 시작했다.

"쓸데가 있다니깐."

떨어진 양말 짝 하나까지 챙겨놓는 엄마를 점점 이해할 수 없었다. 나중에는 남은 음식도 버리지 못하게 되었다. 집은 버리지 못한 물건으로 채워졌고, 냉장고도 알 수 없는 음식으로 가득 채워졌다.

"생각해 보니 엄마는 우울증 아니었을까? 나도 잘 모르겠지만 그런 게 있나 봐."

"무슨 소리야? 우울증이라니?"

"TV에서 본 적 없어? 집에 쓰레기를 쌓아놓고 사는 사람들 말이야."

"무슨 그런 사람 취급하고 그래?"

"다 쓴 화장품 통 하나도 못 버렸어."

"피곤해서 그랬지. 너는 그럴 때 없어? 피곤하고 정신없이 살면 그런 건 예삿일이야. 너도 참⋯."

애써 별거 아닌 일처럼 넘기려는 언니를 보며 언니의 학창 시절을 떠올렸다. 좁고 잡동사니가 가득한 방에서 언니는 교복과 체육복을 하루에 두 번씩 빨아 널었다. 씻고 빨래하고 씻고 빨래하고⋯. 학창 시절 수돗가를 떠나지 않는 언니는 자기만의 싸움에 빠진 사람처럼 보였다. 하지만 지금 언니는 '그때는 누구나 다 그렇게 살았다'고 태연히 이야기한다.

엄마가 끌어안고 살고 싶었던 것은 더 이상 입지 못하게 된 헌 옷이나 다 쓴 화장품 통, 손잡이가 떨어진 냄비 같은 것이 아니었을 것이다. 힘들게 일해서 번 돈은 남편이 다 가져가 버리고, 애써 지키려던 가정마저 손안에서 자꾸만 부서지는 모래처럼 느껴졌을 때…. 엄마가 붙잡을 수 있었던 것이 고작 그런 것들뿐이었다. 엄마가 손에서 끝까지 놓고 싶지 않았던 '사람의 도리'나 '남들처럼 사는 가족' 대신에. 덕분에 어린 시절은 매일매일이 집안일로 채워졌다. 학교에 갔다 오면 청소하고 빨래도 하고…. 힘들지 않았다면 거짓말이었지만 엄마를 행복하게 할 수 있는 유일한 일이었다.

내가 결혼을 하고 혼자 살게 된 언니가 이사를 했다. 언니의 집에 들어서고 놀라지 않을 수 없었다. 집안에는 작은 냉장고 하나와 TV, 침대 같은 기본적인 살림살이를 제외하고는 아무것도 없었다. 당연히 냉장고 안도 텅 비어 있다시피 했다. 주방 싱크대에는 내가 놓고 간 접시 하나와 숟가락 하나가 굴러다닐 뿐이었다. 그것 말고는 모든 곳이 텅텅 비어 있었다.

"이렇게도 살 수 있어?"

언니는 웃기만 할 뿐 대답이 없었다. 다만 끊임없이 내가 지나다니는 곳을 따라다니며 닦고 있었다. 밥도 집에서는 잘 안 먹는다는 말에 서둘러 그 집을 나오고 말았다. 언니가 하는 행동의 이유를 짐작했기에 더 이상 방해하고 싶지 않았다. 내내 씩씩한 언니를 보며 나만 아프다고 생각했다. 하지만 엄마의 삶은 성격이 다른 두 딸을 피해 가지 않았다. 우리는 여전히 그 그늘 아래 살고 있구나.

엄마로, 부인으로, 병과 삶을 오가는 혼란스러운 엄마의 인생에서 나도 언니도 점차 벗어날 수 있었다. 그렇다고 믿고 싶었다. 더 이상 명절에 집에 가지 않았고, 눈만 뜨면 쓸고 닦던 집도 보이지 않으니 점차 잊히는 것 같았다. "이제 엄마한테서 벗어나고 싶어…"라고 이야기했지만 남편 덕분에 행복할 때마다 엄마가 먼저 떠올랐다. 평생 이런 행복을 몰랐을 엄마가…. 퉁퉁 부은 눈으로 나에게 도시락을 들려주던 엄마를 잊은 것만 같아서 미안했다.

"엄마한테 정말 잘하고 싶었어. '결혼 안 하고 평생 엄마 옆에 있을게…' 그러면 엄마는, '세상에 좋은 사람도 얼마나 많은데 그런 소리 하지 마라' 그러셨는데…. 사회에 나오니까 사는 게 쉽지 않더라고. 세상에 부딪혀서 힘들 때마다 엄마한테 기댈 수 없어서 화도 났어. 그래서 엄마한테서 도망쳐버렸어. 엄마는 이제 스스로를 돌볼 줄 알아야 한다고 핑계 대고 말이야. 그깟 '사람 도리'는 다 갖다 버리라고, 누가 알아주더냐고 꽥꽥 소리도 질렀지. 발광을 다 했다니까. 하지만 엄마의 '사람 도리'가 아니었다면 나는 진작 버려졌을지도 몰라. 그 고단한 인생에서 엄마는 최선을 다했을 거야. 그래서 나는 또 죄책감에 시달려. 영영 죄책감에서 벗어나지 못할 것 같아. 엄마한테서도 말이야. 그게 당신한테 미안해….”

¶ 딸이 다 이혼하면 \

"외할머니가 자기 집이 있었다면 엄마도 일찌감치 아빠랑 헤어지고 다시 돌아갔을까?"

"아마 그랬겠지…. 집을 나가도 막상 갈 곳도 없더라. 꼬불쳐둔 돈도 없고. 시골에 가도 아버지가 달라서 그런가 오빠라도 눈치가 보여서 하룻밤 신세를 못 지겠더라. 만약에 할머니가 집이 있었다면 그럴 때 나를 받아주지 않았겠냐. 하지만 어쩌겠니. 그래서 이날 이때까지 발버둥을 쳐봐도 너네 아빠를 못 벗어났지…."

"엄마 아버지 사이가 좋고, 우리 집도 다른 집처럼 평범했다면 나도 다시 집으로 돌아갔을까. 요즘은 혼자 사는 사람도 많고. 나도 혼자 조용히 살다가 죽으면…. 근데 무섭기도 해. 이렇게 사는 것도 무섭고 저렇게 사는 것도 무섭고. 어쩌자는 건지. 옛날에 엄마도 그랬어?"

엄마는 나를 물끄러미 보다 힘겹게 입을 열었다.

"이때껏 이를 악물고 열심히 살았어. 남한테 폐 안 끼치고, 손 안 벌리고 열심히 살았단 말이야. 그런데 딸 둘이 다 이혼해 버리면 그게 다 무슨 소용이 있어? 엄마 인생이 무슨 보람이 있냐고? 너라도 잘 살아야지…. 쓸데없는 소리하지 말고 무조건 살아야 한다, 알겠지?"

*

결혼한 언니의 집에 갔던 그날이 떠올랐다. 오래된 아파트는 더할 나위 없이 깨끗했다. 아니 오히려 너무 깨끗했다. 식탁 위에는 그릇마다 랩이 씌워진 밥상이 얌전하게 차려져 있었다. 반짝이는 수저마저 어색했던 그 식탁에는 아무도 앉은 흔적이 없었다. 그저 그릇에 씌워진 랩 아래로 이미 다 상해버린 음식들만 덩그러니 남아 있었다. 따뜻해야 할 언니의 신혼집이 마치 아무도 살지 않는 집처럼 썰렁한 얼굴을 하고 있었다.

"몇 가지만 챙기면 돼."

식탁 앞을 서성이던 나에게 언니가 새된 목소리로 말을 건넸다.

"옷만 몇 가지 챙겨줘."

그 말만을 남기고 언니는 돌아서서 안방으로 들어갔다. 서랍이 열리고 닫히는 소리가 몇 번 나더니 아무 소리도 들리지 않았다. 언니는 옷이 많지 않았다. 크지 않은 옷장에는 한복도, 결혼 예복도 그대로 걸려 있었다. 눈길이 힐끗 그곳에 멈췄다. 한복을 맞추던 날, 결혼 예복을 사러 백화점을 몇 바퀴나 돌았던 것이 생각났다. 결국 애써 눈길을 돌렸다. 손에 잡히는 대로 몇 가지 챙겨서 방을 나오려는데 열린 안방 문 사이로 훌쩍이는 소리가 들려왔다. 가까이 가보니 언니가 침대에 걸터앉아 손등으로 눈물을 훔치고 있었다.

"다 챙겼어."

"그래, 그럼 이제 가자."

"확인 안 해봐도 돼?"

"됐어. 별로 중요한 것도 없어."

현관문이 쾅 하는 소리를 내며 닫혔다. 그것이 끝이었다. 신혼부부가 많이 찾는다는 쉐비 시크풍의 하얀색 가구, 파스텔 톤이 화사했던 새 이불, 백화점 쇼핑은 처음이라고 쑥스럽게 웃던 손에 들려 있었던 그릇 세트, 대리석

상판과 나무 상판으로 엄마와 언니가 내내 실랑이하던 식탁…. 일일이 다 열거하기도 힘든 반짝이는 살림살이들이 그 안에 고스란히 남아 있는데, 언니는 그 문을 쾅 닫아버렸다. 손에는 고작 작은 손가방과 옷 몇 가지만 들려 있을 뿐이었다. 언니가 결혼한 지 채 1년이 되지 않은 어느 날이었다.

"빨리 정리하고 싶어. 아무것도 필요 없다고 했어. 이혼만 해주면 된다고 했어. 아무 말도 하지 마, 엄마."

"더 이상 아무 말도 하지 말라고? 어떻게 그래? 말을 해야 이해를 하지. 서로 싸워도 풀고 살 생각을 해야지. 결혼한 지 얼마나 됐다고 이혼이라니, 말이 되냐? 다들 못 살겠다고 아우성을 쳐도 엄마 주변에 이혼한 사람 아무도 없다. 친척들 봐. 이혼한 사람 누가 있나. 원래 결혼해서 사는 게 쉬운 게 아니야. 신혼 초에 몇 번 투닥거렸다고 이혼할 거 같으면 대한민국 사람 다 이혼했다. 이 철없는 것아."

목소리는 높아졌지만 엄마는 다리 힘이 풀렸는지 몇 번이나 손바닥으로 바닥을 고쳐 짚어가며 겨우 자리에서 일어났다.

"김 서방한테 전화해서 데리러 오라고 해야겠다. 그럼

못 이기는 척하고 따라가겠지. 아니면 사부인한테 전화해서 좀 말려보라고 하든지."

드디어 해결책을 찾았다는 듯 고함에 가까웠던 엄마의 목소리에는 안도감과 함께 점차 울음이 섞여들고 있었다. 하지만 언니를 데리러 오는 사람은 아무도 없었다.

"지가 여태껏 직장 생활해서 아등바등 모은 돈도 모자라서 내 퇴직금 받은 거까지 다 보태줬어. 너네 아빠는 어디 딸이 시집을 간다고 해도 관심이나 있나. 근데 그걸 다 버리고 온 거야? 왜? 김 서방이 잘못했으면 위자료라도 받아서 나와야지. 앞으로 어떻게 살려고 그래?"

친정에 온 이후 내내 이불을 뒤집어쓰고 돌아누워 있던 언니가 답답했던지 엄마는 침대 머리맡에서 쉬지 않고 말을 쏟아냈다. 엄마는 그때 딸을 벌떡 일으킬 만한 말을 찾고 있었는지도 몰랐다. 차라리 화라도 나게 하면 굳게 닫힌 그 입을 열 수 있을까. 그때 이불이 획 걷히더니 언니가 벌떡 일어나 돌아앉았다.

"한복이랑 갖다 줄 테니깐 엄마 입을래? 아, 엄마 한복도 이번에 새로 맞춘 거잖아. 그럼 이불 줄게. 그릇이랑 냄비 뭐 그런 것도 다 줄게. 수연아, 너는 내 가구랑 침대 줄까? 내 예복 예쁘다고 했잖아. 아, 이참에 우리 집 살림을 싹 다 바꾸자. 냉장고하고 TV고 뭐 다 있잖아. 엄마 소원이면 싹 다 가지고 올게. 아니면 팔아 볼까? 얼마나 되는지…. 그 돈 도로 엄마 갖다 줄게. 그럼 됐지, 응?"

"속이 다 썩어 문드러진다. 내가 돈 달라고 이러냐. 도대체 왜 안 산다고 하냐 말이야? 오로지 너희들 잘 살기만을 바랐는데…. 내가 무슨 죄가 많아서 이런 꼴을 봐야 되냐고…."

*

엄마의 고된 노동은 이바지 음식에 한껏 멋을 낸 마른 오징어 꽃이 되고, 청고추 홍고추 예쁘게 얹은 전이 되고, 말캉말캉한 떡이 되었다. 언니가 치열하게 보냈던 20대의 시간들은 반짝이는 놋그릇이 되고, 이불이 되고, 한복이 되어 지금은 어두운 방 안에서 가만히 웅크리고 있었다.

"그러니까, 그런 거 안 한다고 했잖아요. 가전제품하고 살림살이만 몇 가지 사면 된다고…. 뭐 대단한 집에 시집 간다고 우리 형편에 그렇게 바리바리…. 형편껏 하면 되지. 그 집이나 우리 집이나 어렵기는 다 마찬가지였는데…."

213

"사돈집에서 예를 갖춰서 하자는데 그럼 어쩌냐? 결혼식은 시어머니 하자는 대로 해야 니가 흠이 안 잡히는 거야. 네가 잘 살았으면 그런 게 다 빛이 나는 거란 말이다. 엄마가 돈이 썩어 나서 혼수며 예단한다고 그렇게 쫓아다닌 줄 알아? 너 잘 살라고 그런 거 아니야? 일 년도 못 살고 돌아와 버리면 엄마는…."

엄마가 또 울부짖기 전에 말려야 한다고 생각했다. 언니와 엄마가 서로의 가슴을 할퀴기 전에…. 말이 떨어지지 않았다. 어렵게 입을 뗐지만 목소리도 나오지 않았다. 언니는 결혼식을 앞두고 내내 한숨으로 보내는 날들이 많았다. 지금이라도 그만두면 안 되나 하는 말을 함께 걷던 길에서 문득 내뱉은 적도 있었다. 그때 말렸어야 했는데…. 모든 것이 내 잘못인 것만 같아 심장이 오그라드는 것 같았다.

"당직 서고 오전에 일찍 퇴근하는 날 있잖아. 시어머니 전화가 왔는데 시누이가 수박 먹고 싶어 한다고 사 오라고 하잖아. 나는 겨울에 수박을 파는 줄도 몰랐어. 그때 동료 선생님이 백화점에 가면 있지 않겠냐고 그러더라. 서둘러 백화점으로 가다 말고 괜히 부아가 치밀어 오르는 거야.

그래서 저녁에 그 사람한테 이야기했지. 지금 외할머니가 병원에 입원해 계셔도 들여다볼 시간이 없어서 애가 타는데 한겨울에 시누이 먹을 수박 구하러 다녀야 하냐고?"

"그랬더니 뭐래?"

"대답이야 뻔하지. 내가 왜 돌아왔겠니."

그때는 외할머니가 요양병원 침대에서 떨어져 고관절 뼈가 부러졌을 때였다. 엄마는 외할머니의 병상을 잠시도 떠나지 않았고 그래서 외할머니와 엄마를 동시에 걱정하느라 애를 태울 때이기도 했다. 그때 친정 일에는 전혀 관심이 없었던 언니가 야속하기만 했었다.

"참 이상하지 않니?"

"뭐가?"

"일의 경중을 나누는 기준이 말이야. 시댁 일은 무조건 중요한 일이고, 친정 일은 무조건 별거 아닌 일이야. 게다가 외할머니 일이라니까 더더욱. 이게 말이 되니?"

세상의 저울로 측정하는 외할머니라는 이름의 무게는 우리에게 중요하지 않았다. 나와 언니의 어린 시절은 온통 외할머니로 가득했으니까. 일의 경중을 따지라면 그것은 첫 번째로 중요한 일이었다.

"나도 일하는 사람인데 집안일도 내 차지, 시댁 챙기는 것도 내 차지, 시누이가 임신하니까 그거까지. 우리 엄마랑 할머니 보러 갈 시간도 없이 맨날 오라 가라 하고…."

하지만 그 모든 것들을 참아낸 언니가 결국 이혼을 결심하게 된 계기는 따로 있었다.

"당직을 서는 날 그 사람이 외박했다는 걸 알게 됐어. 화도 나지 않았고 더 이상 이유도 알고 싶지 않았어…. 그냥 충분하다고 생각했지."

언니는 애당초 더 이상 그 집에서 살고 싶지 않았는지도 몰랐다. 그저 결혼을 끝낼 수 있는 결정적인 이유만을 기다리고 있었는지도 몰랐다.

"결혼은 이상한 거더라. 엄마한테 굳이 얘기하지 마."

*

이혼 후 언니는 회사도 그만두고 말았다. 형편이 어려웠던 탓에 고등학교만 졸업하고 돈을 벌었던 언니는 결국 그 돈이 엄마를 거쳐 아버지한테 가는 것을 보고 차라리 대학을 가겠다고 했다. 어차피 돈은 모이지 않았고, 모아 봐야 종착지가 정해진 것이나 마찬가지인 돈이었다.

"엄마 돈도 부족해서 내 돈까지 아빠한테 다 뺏길 수 없단 말이야."

언니의 외침은 절박했다. 그렇게 대학을 졸업하고 들어
간 직장이었다. 합격 통보를 받고 연수를 받기 위해 떠나
던 날, 언니는 정말 행복해 보였다. 직장을 다니는 동안에
도 즐거워 보였다. 언니는 엄마와 나를 회사에 데리고 가
서 구경시켜 주기도 했다. 그때 언니는 자기 자신을 무척
자랑스럽게 생각하는 것 같았다. 하지만 결국 그 직장을
더는 다닐 수가 없게 되었다.

"숨길 수 있을 때까지 숨기고 싶었는데…. 더 힘들 것
같아. 건강상의 이유로 퇴사한다고 했어."

"왜? 이혼한 사람은 직장도 못 다니는 거야? 정년도 보
장되는데…. 너도 먹고 살 걱정을 해야 되잖아. 어쩌자고
그러는 거야?"

엄마의 다그침에 언니는 또 입을 꼭 다물고 말았다.

"말을 해야 속을 알지. 자식이래도 어떻게 다 알겠니?
자식 겉 낳지 속은 못 낳는다더니 그 말이 딱 맞구나."

그때는 나에게까지 밀려오는 파도를 미처 보지 못했다.
아니 어쩌면 그것은 해일일지도 몰랐다. 나까지도 집어삼
켜 버릴 시커먼 해일은 이미 언니를 삼키고 있는 것을 그

때는 아무도 알지 못했다. '생계'라는 거대한 해일이.

¶ 결혼은 사랑이, 이혼은 생계가 \

외할머니가 돌아가셨다. 할머니의 병상을 지키던 엄마는 이제 눈물도 다 말라버렸다고 했다.

"얼마나 울었는지 눈물도 안 나온다. 아이고 엄마, 우리 엄마가… 고생만 하다가… 허망하게 가버리셨네."

담담하기만 하던 엄마의 마음을 무겁게 하는 건 사실 따로 있었다.

"언니는 잠깐만 왔다가 가라고 해."

"왜?"

"큰 사위 왜 안 왔냐고 물을 텐데 언니가 난처할 거야."

"응, 알았어요."

"누가 외손녀들 오나 안 오나 관심이나 있겠냐마는, 수민이가 혼자 덜렁 와 있으면 남의 말 하기 좋아하는 사람들 눈이 반짝할 거 아니냐. 너네 아빠는 평생 친정 일에 얼굴 한 번 비춘 적이 없는데 딸도 팔자가 똑같구나 하겠지."

엄마의 말은 적중했다. 언니가 장례식장을 떠나고 나서도 내내 언니의 안부를 묻는 친척들에게 시달려야 했다. 할머니를 잃은 슬픔은 온데간데없이 나와 엄마는 거짓말을 해야 하는 곤혹스러움을 견뎌야만 했다.

"아니 수민이 남편은 얼굴도 안 비추는 거야?"

"아…. 바쁜가 봐요. 일 때문에 멀리 출장 갔대요."

"그럼 수민이라도 남아서 일손 좀 도와야지. 빨리 가버린 거야?"

"몸이 안 좋다고 그래서…."

"아니, 걔네들 뭔 일 있는 거 아니야?"

*

훗날 이 이야기를 들은 친구는 고개를 끄덕였다.

"알지…. 나도 알아. 우리 언니 이혼하고 얼마 후에 아버지가 돌아가셨잖아. 얼마나 슬프고 눈물이 나던지. 그때 엄마가 언니한테 당장 사위 데려오라고 난리를 치셨어."

"벌써 이혼했잖아. 그런데도?"

"그래, 이혼 과정도 순탄하지 않았는데…. 형부가 안 올

줄 알았는데 장례식장에 와서 내내 자리를 지키더라고. 언니는 물론이고 우리하고 말 한마디 안 섞어도 그렇게 와서 자리를 지키고 있었어. 장례식 끝나고 언니는 엄마하고 연락도 끊어버렸지. 세상에, 아버지가 돌아가셨는데 엄마는 고작 친척들이 우리 언니 이혼한 걸 알게 될까 봐 벌벌 떨다니…. 이혼이 그렇게 부끄러울 일이니?"

장례식이 끝나고 집에 와 한숨을 돌리는 엄마를 보자 궁금해졌다.

"이혼한 게 부끄러운 일이야, 엄마?"

"다른 사람은 가정 꾸려서 잘 사는데 내 딸만 실패했다는 소리 듣기 싫다. 무엇보다 언니가 밝히고 싶어 하지 않잖아. 저렇게 직장까지 그만두는 걸 봐. '나 이혼했다' 그러고 씩씩하게 다녀도 될 것 같은데 죽어도 싫다고 하잖아. 누가 묻지도 않는데 동네방네 떠들 일도 아니고…."

"이혼이 부끄러울 일이야? 잘 사는 사람도 있고, 아니다 싶으면 중간에 그만두는 사람도 있지. 무조건 참고 살아야 대단한 거냐고? 이혼하면 무조건 실패한 거야? 결혼이 무슨 사업도 아닌데 실패라니…."

"수연아, 결혼에는 인내심이 필요한 거야. 생판 모르는 사람이 만나서 사는데 참고 맞춰가면서 살아야지, 화나고 싸웠다고 무조건 이혼해? 가정을 그렇게 쉽게 생각하면 안 돼. 책임감을 가져야지."

"진짜 이상한 사람을 만났다거나, 노력해도 더 이상 방법이 없거나 그러면 말이야, 이혼해도 되는 거 아니야?"

"애초에 잘 알아보고 결혼해야지."

"엄마는…. 사람을 어떻게 알아요? 가망 없는 행복을 기다리느라 속이 다 썩어 문드러지는 것보다 하루라도 빨리 이혼하는 게 용기 있는 선택인 거 같은데."

"으이구, 입만 살아가지고…. 니가 뭘 알아?"

"엄마가 빨리 이혼 안 하고 평생 사니까 언니가 엄마처럼 될까 봐 얼른 도망친 거 아니야?!"

"그래, 다 엄마 탓이다. 지들이 뭘 해도 결국은 다 엄마 탓이지. 자기가 잘 살아야지 뭘 이제 와서 엄마 탓을 해. 너희들 인생은 너희들이 알아서 해야지."

이혼은 칭찬받을 일도 아니었지만 그렇다고 부끄러워할 일도 아니라고 생각했다. 하지만 나 역시 언니의 이혼을 쉽게 입에 올릴 수 없었다. 언니는 회사를 그만두고부터 외부와 연결된 모든 끈을 놓아버린 사람처럼 보였다.

그 누구도 만나지 않았고, 대화조차 하지 않았다. 그로부터 십 년이 넘는 시간 동안 언니를 가둬버린 생각은 무엇이었을까.

*

삼십 대 중반을 바라보는 나이에 빈손이 되어버린 언니는 살길이 막막했다. 그 당시 혼자 일을 꾸려가고 있던 나는 그런 언니를 기쁘게 받아들였다. 하지만 함께 일을 하는 것이 쉽지는 않았다. 게다가 이미 삶의 끈을 놓고 무기력해져 있는 언니를 일으키기는 힘든 일이었다.

"이제 언니가 믿을 사람은 너밖에 없다. 이럴 때 힘이 돼줘야지. 부모라도 내가 보태줄 게 어디 있냐. 둘이서 힘을 합쳐서 먹고 살 궁리를 해야 안 되겠니?"

그것은 가라앉고 있는 배에 함께 올라타는 것이나 마찬가지였다. 나는 언니와 함께 고립되고 있었고, 무기력해지고 있었다. 우리는 서서히 가라앉고 있었다.

"엄마, 내가 무슨 재주로 언니를 책임져? 언니가 얼마나 고집이 센지 알잖아…. 일하려는 의지도 없는데…. 내가 무슨 수로 감당하느냔 말이야."

그때 무척이나 도망치고 싶었다. 아버지와 엄마 그리고

언니로부터.

이혼의 아픔보다, 가슴에 남긴 큰 상처보다 생계가 더 문제였다. 언니와의 불화와 엄청난 노동을 견뎌내도 손에 쥘 수 있는 돈은 얼마 없었다. 마음이 맞지 않는 부부가 함께 산다는 게 이런 기분일까. 나는 종종 언니에게 이런 말을 내뱉곤 했다.

"부부는 이혼이라도 하지. 형제, 자매는 어떻게 벗어나는 거야?"

모든 말이 서로를 비난하는 화살이 되어 꽂혔다. 여유가 없었던 마음은 꼬일 대로 꼬여 그 어떤 말도 쉽게 빠져나가지 못했다. 아이러니하게도 그럴수록 언니는 더욱더 내게 의지했다.

시간이 훌쩍 지나가 버렸다. 누구는 십 년 동안 집값이 몇 배나 뛰었고, 땅값이 올랐고, 주식이 올라서 외제차를 샀다지만 나와 언니는 여전히 빠듯한 생계를 이어가느라 삶의 무게에 짓눌려 있었다. 하지만 삶의 무게보다 더 슬픈 것은 속절없이 지나가 버린 젊은 날의 시간이었다.

"지금 생각해 보니까 그때 너무 어렸네. 서른세 살이었나? 너하고 일 시작할 때 말이야. 지금 마흔다섯이 넘었으니까…. 서로 뜯고 싸우느라 좋은 세월은 다 지나가 버렸네. 그때는 좋은 세월인지 몰랐어. 세상 다 산 것처럼 늙어버린 기분이었으니까.”

“서른세 살에? 그럼, 지금부터라도 재밌게 살아.”

서로의 마음을 조금이나마 이해하게 되었다면 지난 십년은 헛된 세월만은 아니었다고 생각했다.

*

“엄마, 언니를 보면 이혼이 쉬운 건 아니야. 이혼은 용기도 있어야 하지만 무엇보다 용기가 나게 하는 건 돈인가봐. 엄마가 왜 용기가 안 난다고 했는지 이제 알겠어.”

“그래…. 유명 탤런트들이나 이혼하는 거지, 엄마 세대에 여자가 돈이 어딨어. 다 그냥 참고 사는 거야. 여자가 똑똑해서 재산 분할도 하고 위자료도 받을 수 있으면 모를까. 너네 언니 고생하는 거 봐라. 결혼 안 하고 직장 다니면서 퇴직할 때까지 따박따박 월급 받았으면 지금 얼마나 속 편하게 살고 있겠냐. 그래서 요즘 사람들이 결혼을 안 하려고 하나 보네.”

마치 큰 깨달음이라도 얻은 사람처럼 엄마는 고개를 크게 끄덕였다.

"근데 너는 아직도 시부모님 때문에 그러고 있는 거야? 그래도 정 서방이 착하니까 좀 참고 살아. 엄마 속 시끄럽게 좀 하지 말고. 알았어?"

"정 서방이 착하긴 하지만 시부모님 생각이 틀렸다고는 안 하니까 속상해. 며느리 도리는 해야 한다고 생각하니까."

"시부모님들께서도 다 살아오던 대로 사는 거지. 나쁜 마음으로 그러시는 것도 아니고…. 그 연세에 갑자기 생각이 바뀌니. 아무리 아들이라도 부모 생각을 갑자기 어떻게 바꾸겠냐고."

"결국 며느리가 참고 이해하면 다 조용히 넘어갈 수 있는 거라고 말하고 싶은 거야?"

"또 시작이다."

"아니, 며느리 도리 하기 싫은 게 아니라 나도 힘들고, 시간이 없어. 그럴 수도 있다고 왜 생각을 안 해? 며느리가 먹고사느라 바쁜가 보다, 시간이 없나 보다 왜 그렇게 생각을 못 해?"

"시댁에 너 얼마나 버는지 한 번 보여드려봐. 그거 번다고 그렇게 바쁘냐고 비웃으실 거다."

"엄마, 하루 종일 추운 데서 일해도 이거 밖에 못 번다고 안타까워해야 하는 거 아니야? 열심히 사는데 왜 비웃음을 당해야 하지? 돈 못 버는 며느리는 시댁 가서 죄인마냥 눈치 보면서 일이나 해야 하는 거야? 내가 서러워서라도 더 열심히 일해야지. 그래야 아니다 싶을 때 용기 낼 거 아니야."

"이혼하려고 열심히 일하겠다는 거야? 이 철없는 것아, 열심히 노력해서 남편하고 더 잘 살 생각을 해야지."

참을 거지만…. 인내하겠지만, 무조건 참지 않을 거라고 생각했다. 이제는 가족이라는 이름 아래 내 인생이 마구 흘러가 버리도록 내버려 두지 않겠다고.

부디 결혼이 사랑의 결실이 되기를 빌었다. 그것이 생계의 해결이라면 속상해도, 서러워도 그저 묵묵히 참고 견디기만 해야 할 테니 말이다.

5부

그냥 '나'로
남는 법

¶ 밥하기의 고단함 \

내 일은 퇴근 시간이 정해져 있지 않다. 8시에서 9시 사이에 집으로 돌아왔지만, 더 늦을 때도 많았다. 그에 반해 남편은 대략 6시 30분이면 집에 도착했다.

"저녁밥은 어떻게 하지?"

"응, 알아서 할게."

남편은 별거 아닌 듯 이야기했다. 하지만 짐을 챙겨 나오기 전까지 남편은 35년 동안 엄마가 차려준 밥을 먹고 살아왔다. 학교를 갔다 오든, 회사를 갔다 오든 전업주부인 엄마가 차려준 따끈한 밥상이 남편을 기다렸을 것이다.

"할 줄 아는 요리 있어?"

"김치볶음밥 잘해."

하지만 집에 와서 발견한 건 라면의 흔적이었고, 냉장

고에는 김치조차 없었다.

"요리를 할 줄 알아도 하루 종일 밖에서 일하고 온 사람이 얼마나 피곤하겠니? 무슨 정신으로 밥을 해 먹겠어? 네가 더 신경 써야지."

엄마의 말에 복잡해지기 시작했다. 그다음 날 남편은 치킨을 배달시켜 먹었고, 그다음 날에는 동네 김밥집에서 김밥 두 줄을 사 들고 들어왔다고 했다. 그날부터 밥과의 전쟁을 벌였다. 밥은 미리 해서 한 공기씩 냉동해 두고, 저녁 반찬은 출근 전에 만들어서 냉장고에 넣어두었다. 틈틈이 장도 보고, 요리도 하느라 일상은 날이 갈수록 더 정신이 없었지만 냉장고 속 반찬은 영 줄어들지 않았다.

"엄마, 반찬 하나 만드는 데 손이 얼마나 가는지 이제 알았어."

부모님과 함께 살 때 엄마는 시간이 날 때마다 요리하는 법을 가르쳐줬다. 엄마가 늦은 나이까지 직장을 다니셨기 때문에 집안일이라면 자신이 있었다. 하지만 현실을 맞닥뜨리니 이야기는 전혀 달랐다.

"이건 뭐, 메뉴 정하고 장 보는 것부터 해서 재료 다듬어야지, 요리해야지. 그러다 보면 반나절은 뚝딱이야. 다

하고 뒷정리에 청소까지 하면…. 엄마는 밖에서 일도 하고 어떻게 그걸 다 해냈어?"

엄마는 빙긋 웃고 말뿐이었다. 다음 날부터 엄마 반찬이 냉장고를 채우기 시작했다. 평소에는 쌀이며, 참기름, 고춧가루, 과일 같은 걸 가져다줬는데 어느 순간부터 미역국, 찌개, 장조림, 마른반찬 같은 것까지 들고 왔다.

여전히 냉장고 속 반찬은 별로 줄어들지 않았다. 반찬집에서 음식을 사 나르기 시작했다. 아무래도 나나 엄마의 음식이 남편의 입맛에 맞지 않는 것 같았다. 엄마는 어디 맛집에서 샀다면서 곰탕, 불고기, 소고깃국 같은 것도 사다 날랐다. 하지만 퇴근 후 지친 몸을 이끌고 돌아온 남편은 돌처럼 얼어 있는 밥과 냉장고에서 차갑게 식어버린 반찬들을 떠올리면 입맛이 돌지 않았던 모양이다. 게다가 일일이 데워서 저녁상을 차리고 치우는 일까지 하자면 피곤하겠지. 그러면서 결혼의 장점을 하나도 누리지 못한다며 억울해했을지도 모를 일이다.

한눈에 봐도 호리호리한 남편이 라면 하나로 저녁을 때웠을 생각을 하면 속이 부글부글거렸다.

"여보, 일하고 와서 힘든 건 알겠는데 그래도 밥을 챙겨 먹는 게 좋지 않을까? 내가 퇴근하고 장 보러 가고, 출근 전에 반찬 해놓는 거, 알잖아."

출근 전 요리 시간을 줄이기 위해 주말이면 파나 고추, 마늘 같은 식재료들을 잔뜩 사다가 씻고, 손질해서 냉동실에 얼려두고 있었다. 그래도 시간이 모자랐다.

"우리 엄마가 반찬 해 나르는 거 몰라? 그거 다 싸 들고 버스 타고 오신단 말이야. 내가 자기 밥 못 해줄까 봐 애가 타신대. 나도 여보 결혼하고 제대로 못 챙겨 먹는 거 같아서 걱정이란 말이야. 그걸 봐서라도 냉장고에 있는 밥 좀 챙겨 먹으면 안 돼?"

남편은 까다로운 사람은 아니었지만 입이 짧은 사람이었다. 단 한 번도 밥을 차려달라고 한 적 없이 언제나 손사래를 치며 본인이 알아서 먹을 테니 걱정하지 말라고 했다. 하지만 가만히 두면 라면 한 봉지 끓여 먹고, 과자와 초콜릿으로 남은 허기를 채울 사람이었다. 음식을 배달시킬 때면 늦은 시간에 돌아오는 내 몫도 같이 주문해서 남겨놓는 자상한 사람이기도 했다. 그것이 그의 최선이었다.

함께 장을 보러 가면 언제나 남편에게 뭐가 먹고 싶은지, 반찬으로 뭐가 좋은지 묻곤 했다.

"자기는 뭘 좋아해?"

남편은 언제나 "지금은 배가 불러서 아무 생각이 없는데"라고 말을 했다. 그러던 어느 날 같은 질문에 남편은, "난 특별히 좋아하는 거 없는데…"라고 했다.

"어떡하라는 거야? 당신이 뭘 좋아하는지도 모르겠고, 아무거나 잘 먹지도 않는데, 무슨 반찬을 해줘야 할지 모르겠다고…. 지금 마트 안을 몇 바퀴나 돌았는지 알아?"

나는 갖가지 과자와 음료수, 빵 같은 것들이 차곡차곡 포개어져 있는 카트를 보며 결국 소리쳤다.

"좀 도와주면 안 돼?"

그때 나를 압박하고 있었던 것은 과연 무엇이었을까? 당연히 남편의 건강에 대한 걱정이었다. 그것 말고도 일 때문에 남편을 제대로 챙기지 못한다는 죄책감에 시달리고 있었던 건 아닐까. 엄마의 전화는 "여보세요"라는 말보다 "정 서방 밥은 잘 챙기냐?"라는 말이 먼저 들릴 정도였다. 또 한 가지, 그때는 알아채지 못했지만 나를 못마땅해하는 시어머니에게 당신 아들을 잘 챙기는 며느리로 보이고 싶었던 것은 아닐까?

"우리 집은 멸치볶음도 달짝지근하면서 입안에 넣었을

때 바사삭 부서지지 않으면 아무도 입을 안 댄다."

멸치 하나를 입에 넣고 연신 맛있다고 하는 나에게 시어머니는 당연하다는 듯 말씀하셨다.

'음식 솜씨가 좋은 집의 아들이었구나. 그래서 입이 짧은 거였어?' 밥을 먹는 내내 이런 생각을 하고 있었다.

"어머님 음식이 이렇게 맛있어서 형욱 씨가 제 반찬을 안 먹었나 봐요."

"원래 이것저것 다 잘 먹고 그런 애는 아니야."

"어머님 음식은 저희 엄마 반찬이랑 차원이 다르네요."

그때 처음으로 시어머니가 나를 쳐다보았다.

"어떻게 다른데?"

그저 직장 상사에게 별 뜻 없이 던지는 몸에 밴 아부 같은 거였는데 갑자기 질문을 받으니 답을 할 수 없었다.

"그러니까…. 음…. 어머님 음식은 전문가 같은 맛이 나요. 반찬집하시면 대박 날 것 같은데요, 하하."

그 순간 내 비굴함뿐만 아니라 언제나 딸을 위해 애써온 친정 엄마까지 음식 못하는 사람으로 만들어버린 자신이 부끄러워 견딜 수 없었다.

노력하면 할수록 자꾸 꼬이기만 하는 걸까. '정작 시어머니는 아들이 밥을 먹든지 말든지 관심도 없는데, 왜 나랑 우리 엄마만 이렇게 애가 타는지 모르겠어. 남편은 직장 다니니까 점심이라도 누가 차려주는 따뜻한 밥 먹지. 나는 밥때도 제대로 못 지키고 미루고 미루다가 대충 때우는 게 끝이라고. 그러면서 남편 밥 걱정에 동동거리고, 내가 지금 도대체 뭐 하는 거야? 어디 가서 이렇게 외치고 싶었다.

"시어머니는 음식을 아끼는 것 같아."

"무슨 말이야? 자식한테 음식 아끼는 부모가 어딨어?"

"가까이 사시는 형님 있잖아. 맨날 시댁에 오시거든. 갈 때 저녁 반찬까지 다 싸서 가나 보더라고. 근데 저번에 정 서방이 김치 좀 달라니까 시댁에서도 김치 사먹는다고 그냥 사먹으라고 하셨대. 명절 때나 휴가 때는 형님네 가족들 온다고 김치도 새로 담그고, 사위들 입에 맞는 반찬 쫙 해놓으시거든. 코로나가 심할 때도 반찬은 가지러 오더라. 형님네 집앞에 반찬만 갖다놓고 오기도 하셨대. 내가 밖에서 일하는데 아들이 밥 챙겨 먹는지 궁금하지 않으실까? 아니면 일도 힘들 텐데, 반찬 할 시간이 어디 있겠냐 하시면서 한 번은 주실 법도 한데…."

말하고 아차, 싶었다. 매사 별말 없는 엄마였지만, 이런 얘기를 하면 다음 날 반찬을 바리바리 싸 들고 올 사람이었다.

"근데 엄마, 이제 반찬은 안 해 오셔도 돼요. 진짜로, 그냥 적당히 먹기로 했어. 반찬 이것저것 해 놔도 찾아 먹지도 않고, 버릴까 봐 아까워서 맨날 나만 꾸역꾸역 먹고 있단 말이야. 알았지?"

"그래, 알았어. 요즘은 시어머니 반찬 싫다는 며느리들도 많으니까 너희 시어머니도 조심스러워서 그럴 수 있어…. 자식 입에 들어가는데 아끼고 말고가 어딨어. 엄마가 해주면 되잖아. 필요한 거 말해."

"응, 고마워. 근데 시어머니 음식 솜씨가 워낙 좋으셔서 정 서방은 엄마 음식이 입에 안 맞을 거야."

엄마가 섭섭하게 생각할 수도 있지만 솔직하게 말하기로 했다. 꾸역꾸역 먹어도 번번이 버려지는 엄마의 반찬을 보면, 시간과 정성까지 버려지는 것 같아서.

*

결국 시간이 흐르고 타협점을 찾았다. 처음에는 갑자기 주어진 의무에 정신을 못 차렸다. 무조건 잘 해내야 한다는 압박감, 흠 잡히고 싶지 않다는 조급함. 그리고 알게 모르게 나를 에워싸고 있는 시댁에 대한 섭섭함이 불러낸 오기까지. 나를 정신없게 만든 그것들에서 벗어나 조금씩 평정심을 되찾고 있었다.

"이제 당신이 뭘 먹든 조바심치지 않기로 했어. 자기 건강은 자기가 챙기는 거야. 여보 건강까지 마치 내 책임이었던 것 같고 잘 챙기지 못하면 누가 뭐라고 할 것 같고⋯. 쫓기는 기분이었는데, 생각해 보니깐 나 자신도 잘 못 챙기고 있더라고."

"여보 그동안 고생했어. 이제 너무 걱정하지 마."

하지만 결국 일찍 집에 돌아와 저녁밥을 하기로 했다. 남편이 여전히 라면과 배달 음식을 벗어나지 못했기 때문이다. 남편은 많은 종류의 반찬이나 맛있는 반찬을 바라는 것이 아니었는지도 몰랐다. 그저 금방 준비한 따뜻한 저녁밥이 그리웠는지 뭐든 해주는 대로 가리지 않고 잘 먹었다. 주말에는 자기가 밥을 하겠다고 먼저 나섰다. 메뉴는 비록 김치볶음밥과 라면의 돌려 막기라도.

언제나처럼 남편과 조촐한 저녁상을 마주하고 앉아 흘러나오는 쓴웃음을 애써 참고 있었다.

결혼은 누구를 위한 걸까? 지친 일상 속에서 문득 궁금해졌다.

¶ 간병은 누가 \

늦은 저녁, 현관문을 열고 들어서는 나를 보고 남편은 손을 흔들어 보였다. 반대쪽 손은 핸드폰을 든 채였다.

"응, 들었어. 엄마는 별말씀 없으시던데….."

걱정스러운 목소리에 남편을 바라보았다. 핸드폰 너머로 고함이 들려온 건 그때였다.

"내일 출근해야 되는데 어떻게 당장 가?"

남편도 목소리를 높이고 있었다.

"아, 알겠다고. 엄마한테 연락해 볼게. 끊어, 끊는다."

좀처럼 큰소리를 내지 않는 남편이 무슨 일일까. 남편은 곤혹스러운 상황이면 말이 빨라지고 같은 말을 반복하는 습관이 있다.

"아버지가 편찮으시대."

"어디 가? 어떻게?"

"낮에 엄마한테 연락이 왔는데 그냥 감기몸살 같다고 하시더라고."

"병원은 가 보셨대?"

"응, 동네에 몇 군데 가보기는 했는데 별로 효과가 없나 봐. 그래서 누나가 당장 병원 모시고 가라고 전화한 거야."

"아, 부산 형님이셨구나."

부산 형님은 성격이 직설적이고 거침이 없는 분이었다.

"근데 어머님이 부산 형님네 한 달 정도 가 계신다고 하지 않았어?"

"응, 그러니까. 엄마가 아버지 아프다고 빨리 집에 가셨는데 어떻게 됐냐고. 회사고 뭐고 내일 당장 병원에 모시고 가라는데…. 나 참…. 화내면 다 해결되는 줄 아나 봐. 토요일도 출근해야 하는데 내가 언제 모시고 가?"

남편의 회사는 외출도 조퇴도 쉽지 않아서 무척 난감해 보였다.

다음 날, 남편은 시아버지가 근처 종합병원에 입원했다는 소식을 전해주었다.

"퇴근하고 갔다 올게."

"나도 가야지."

"당신 퇴근이 늦으니까 일단 내가 먼저 갔다 올게."

좀처럼 아프다는 말씀을 들어본 적 없는 시아버지라 일이 손에 잡히지 않았다. 나도 함께 간다고 했어야 하는 게 아닌지, 시아버지가 입원하셨는데 첫날 며느리가 가지 않은 것이 큰 잘못은 아닌지 걱정이 되었다.

"아버님은 어떠셔? 어디가 안 좋으셔? 무슨 병이야?"

집에 들어서는 남편을 보고 질문을 퍼붓기 시작했다.

"큰 병은 아닌데 그래도 가벼운 건 아닌가 봐. 엄마가 부산에 있는 동안 아버지가 밥을 제대로 못 챙겨 드셨대. 그래서 무슨 수치가 높아졌나 봐."

"어떡해⋯."

"검사 몇 개 더 하고 수치가 떨어지면 퇴원할 수 있대."

"그나마 다행이다. 내일 일찍 정리하고 병원에 가볼게."

환자복을 입고 병원 침대에 누워 계시던 시아버지는 남편과 나를 보고 벌떡 일어나 앉으셨다. 기운이 좀 없어 보이셨지만 다행히 평소와 크게 다르지 않은 모습이었다.

"아버님, 어머님도 안 계시고 몸이 안 좋으시면 저희한테 연락하시지 그러셨어요?"

그렇게 말을 하자 갑자기 시아버지가 눈물을 글썽거리기 시작하셨다. 그 모습에 마음이 편치 않았다. 평생 아픈 데라고는 모르고 사셨다니, 세월 앞에 갑자기 쇠약해진 자신의 모습이 당황스러우실 만도 했다. 시어머니도 많이 피곤해 보였다. 가냘프고 체력이 약한 분이라 병원살이가 편치 않으셨을 것이다. 애들 때문인지 형님들은 아직 오지 못했다고 했다. 내내 두 분이서 입원실을 지켰을 생각을 하니, 시부모님을 뒤로하고 돌아서는 발걸음이 무거웠다.

"몸이 아프니까 마음이 약해지셨는지, 내내 '우리 며느리' 하면서 너를 찾으시더라. 일하느라 피곤하겠지만 섭섭하시지 않게 자주 들여다보거라. 알겠지?"

시어머니는 엘리베이터 앞에서 이렇게 당부하는 것도 잊지 않으셨다.

그날 밤, 쉽게 잠을 이루지 못했다. 시부모님 병간호는 며느리가 해야 하는 건가? 내일부터 병원에 가서 병간호 해야 하는 거야? 어머님께서 식사도 제대로 못 챙겨 드실 텐데 어머님 밥도 해서 가야 하나? 도무지 알 수 없었다. 거의 시댁에서 살다시피 하시는 형님까지 병원에 안 오시다니. 생각이 거기까지 미치자 더욱 혼란스럽기만 했다.

다음 날 새벽, 나는 시아버지가 입원하신 병원 응급실에 누워 있었다. 배를 찢는 통증에 방바닥을 구르다가 더 참지 못하고 실려왔다.

"시아버지 병간호 안 하려고 그래? 진짜 아픈 거 맞아?"

정신이 들었을 때 미처 끝내지 못한 일이 생각나 언니에게 전화를 걸었다. 갑자기 일을 떠맡게 된 것이 억울해서인지 언니는 애써 돌려 말하지 않았다.

"엄마, 빨리 집에 가야 돼. 아까는 아파서 정신이 없었는데, 시아버님 지금 이 병원에 입원해 계신단 말이야. 어머님이 나를 보기라도 하면 어떡해."

팔에 꽂혀 있는 수액은 3분의 1도 줄어들지 않았는데, 엄마에게 매달려 도망치듯 병원을 빠져나왔다. 집에 돌아와 누워서도 언니의 말은 머릿속에서 내내 잊히지 않았다.

"남편도 내가 아버님 간병하기 싫어서 꾀병 부린 거라고 생각하면 어떡하지? 우리 언니도 그러는데 시댁 식구들은 당연히 그렇게 생각하겠지. 엄마, 나 이제 어떻게 해? 나를 이상한 사람으로 생각할 거 아니야."

"아픈 거를 어떻게 해 그럼? 그걸 조절할 수 있어? 얼른 죽 먹고 약이나 먹어. 무슨 큰 죄 졌다고 주사도 다 안 맞고

도망친 거야, 너는?"

"요즘 일 때문에 신경이 많이 쓰였어. 오늘은 수업도 다 취소했지만 내일은 예약 주문이 많아서…."

누구에게랄 것도 없이 아픈 배를 움켜쥐고 말을 쏟아내기 시작했다. 때로는 울먹이는 사죄의 말이었고, 때로는 당당한 자기변명이기도 했다.

"이제 괜찮아."

걱정스러운 눈으로 바라보는 남편에게 씩씩하게 대답했다.

"내일은 출근도 할 거야."

하지만 이내 풀이 죽고 말았다. 출근할 수 있으면 시아버지 병원도 갈 수 있는 거 아니야? 병원에 내내 앉아 있을 수도 없고…. 아직 그 정도는 아닌데, 어쩌지…. 저 혼자 묻고 저 혼자 대답한 말들을 삼키며 고개를 숙일 수밖에 없었다. 남편을 쳐다볼 자신이 없었다.

시아버지의 퇴원 소식을 들은 건 주말 내내 병상을 지킨 남편이 돌아온 일요일 밤이었다.

"오늘 누나들도 왔다 갔어."

"애들 때문에 힘드셨을 텐데 왔다 가셨구나. 여보, 미안

해. 갔어야 하는데…. 혼자 고생 많았어. 그런데 말이야."

더 묻고 싶은 말이 있었지만 차마 입이 떨어지지 않았다. 신혼 초 남편이 그 흔한 실비보험조차 없다는 얘기를 했을 때 조심스럽게 했던 질문이 생각났다.

"그럼 아버님, 어머님도 보험이 없으셔?"

"글쎄. 한 번도 보험 얘기를 하신 적이 없고, 나도 부모님 보험 얘기는 들어본 적 없어."

당신이 병원비도 다 낸 거냐고 묻고 싶었지만, 그 말을 꺼낸다면 정말 미움을 받을 것만 같아 겁이 났다.

'만약에 말이야. 나중에 아버님, 어머님이 아프시더라도 간병할 자신이 없어. 미안해…. 하지만 위로 딸 셋, 사위 셋, 아들까지 일곱 명을 제치고 '며느리'이기 때문에 그 일이 내 차지가 된다면 받아들이기 힘들 것 같아.

당장 어머님, 아버님께서 형님 애들 줄줄이 다 키워주시고, 반찬도 다 해주시고 하시는 건 형님들이 좀 덜 힘들기를 바라는 마음으로 도와주시는 거잖아. 그럼 '딸'도 부모님이 어려울 때 도와드리는 게 맞다고 봐. 우리 부모님은 두 분 다 수술한 적이 있으셔서, 나도 간병해 봤는데 그거 자식이라도 쉽지 않더라.

나는 '딸'이지만 결국 우리 부모님을 책임져야 할 거야. 그러니까 여보도 '아들'이라고 혼자 다 감당하려고 하지 말고 누나들한테 같이 하자고 하면 좋겠어. 정작 시댁에 일 있을 때는 형님들 아무도 관심 안 가지시는 거 나는 이해하기 힘들어.'

결국 이 말을 남편에게 하지 못했다….

*

"그렇게는 좀 힘들지 않을까?"

"그래?"

"너희 형님들도 당연히 마음은 그러시겠지. 하지만 친정을 챙기자면 남편 눈치, 시댁 눈치가 보이지 않겠어?"

"하지만 어머님, 아버님께서 형님들 결혼하시고 많이 도와주셨다고 들었는데. 아니, 애 키우는 게 보통 일이야? 내가 듣기로는 딸들을 위해서 최선을 다하신 것 같았어."

"하지만 애 키우는 거 도와주고, 반찬 해주시는 것도 딸들이 힘들까 봐 그러신 거 아니냐고 하면 뭐랄 거야. 결국 시부모님 아프시면 간병이니 뭐니 힘든 일은 다 며느리 차지가 되는 거야."

"그럼 우리 부모님은 어떡해?"

248

"뭘 어떡해…. 엄마, 아버지 스스로 준비하셔야지. 이젠 그런 세상이야. 너나 나나 우리는 자식도 없는데 너는 늙어서 어떡할래?"

목소리가 높아지는 언니를 보면서 동의할 수도, 그렇다고 동의하지 않을 수도 없었다.

"아니면 니가 나를 좀 모시든지…."

갑자기 시부모님, 친정 부모님에다가 독신인 언니까지 모시는 미래를 상상했다.

"무슨 소리야! 낼 모레 마흔이야. 나도 이제 언니랑 같이 늙어가는 처지라고."

¶ 애는 필수 혹은 선택 \

"음…. 사십 대 초반이면 자연임신 가능합니다. 노력해 보시고 의학적인 도움을 고려해 보시는 것도 괜찮아요."

정기 검진을 위해 방문한 병원에서 의사는 감정 없이 이야기했다. 하지만 말을 시작하면서 혹시 자녀 계획이 없는 게 아니라면… 이라는 말을 먼저 꺼내주었다. 감정이 실려 있지 않은 대화가 오히려 마음이 편할 때가 있다. 많은 경우 생각해 주는 듯한 말 속에는 나를 약자 취급하는 느낌이 담겨 있었다.

결혼을 하고 4년이 지났다. 아이에 대한 계획이 꼭 있는 것도 아니었고, 없는 것도 아니었다. 어느 쪽이든 편안하게 받아들이기로 했다. 시부모님이 아이 이야기를 꺼낸 어느 날, 집에 돌아와 남편에게 조심스럽게 물었다.

"여보도 아이가 있으면 좋겠지?"

"음…. 하나 정도 있으면 좋을 것 같기도 하고."

"응, 그런데 혹시 안 생기면 어쩌지?"

"우리 둘이 사는 것도 나쁘지 않아. 여보는 어때?"

"나는…. 뭐 어느 쪽이든 상관없을 것 같은데. 사실 이런 건 생각해 본 적이 없네."

"나도 그래. 다른 사람들도 계획한다기보다 그냥 생기니까 낳는 거 아니야?"

"그런가?"

"시간이 지나 아이도 생기고…. 자연스럽게 흘러가면 제일 좋은 것 같아."

"자연스럽게 흘러가지 않으니까 번번이 고민이 생기는 거지. 병원을 다니거나 하지는 않아도 될까?"

"그럴 필요는 없을 것 같은데…."

"나중에 후회하면 어떡해. 늙어가면서 아, 그때 병원에 가볼 걸… 하고 말이야."

"누나들 보니까 아이 키우는 거 보통 일이 아니더라고. 한 명 키우는 것도 힘들어서 매일 친정에 와 있었어. 그때 도와주는 게 힘들어서, '아이는 없어도 괜찮겠다'는 생각까지 했다니까."

"그런 얘기 들어본 적 있어. 한국에서 가정을 유지시켜
주는 힘은 바로 '친정 엄마다' 하는. 그런데 아버님, 어머님
은 많이 기다리시겠지. 친구 분들이 손자 얘기 하고 사진
도 보여주면 부러우실 텐데…. 남들이 하는 건 나도 꼭 해
야 하는 그런 마음 있잖아."

"그런 마음으로 자식을 바라는 사람도 있을까?"

"잘 모르지만, 어른들은 그런 게 중요하지."

우린 사실 살면서 결혼에 대한 생각도, 아이에 대한 생
각도 별로 해본 적이 없었다. 짧은 대화로 쉽게 결정을 내
릴 수 있는 문제는 아니었다. 하지만 길게 고민한다고 해
도 결정을 내릴 수 없기는 마찬가지였다.

*

붐비는 식당 안, 아이들로 시끌벅적한 옆 테이블에 눈
길을 주던 시아버지가 입을 열었다.

"애국자야, 애국자. 요즘은 저런 사람들이 애국자지. 떠
든다고 눈치 주고 그러면 안 되지."

내내 침묵이 흐르는 식사 자리가 마음에 들지 않은 듯
시아버지는 일찌감치 숟가락을 내려놓고 아이들을 바라

보고 있었다. 진작 애국자가 되지 못한 내가 마음 편하게 음식을 삼킬 수 없는 건 당연한 일이었다.

하지만 진짜 불편하게 만드는 건 다름 아닌 엄마의 반응이었다. 내가 결혼을 하자마자 결혼 타령은 자연스럽게 아이 타령으로 바뀌었다. 안부를 물을 때마다 임신 소식은 없냐며 조바심을 내기 시작했다.

"네가 나이도 있는데, 빨리 생기면 좋을 텐데 어쩌니…. 손 놓고 있어도 되는 거야?"

"그렇게 손주가 보고 싶어?"

"아니, 나보다…. 사돈어른들께서 얼마나 손주를 기다리실 거야?"

"결혼식 때 못 봤어? 그 집에 손자가 몇 명인데 기다려? 손주 하나 없는 엄마가 지금 사돈어른 걱정할 때야?"

"네가 뭘 몰라서 그래. 하나밖에 없는 아들인데 친손자를 얼마나 기다리시겠니."

"또 나왔네. 하나밖에 없는 아들 소리. 엄마는 남 걱정하지 말고 본인이나 걱정해."

엄마는 쉽게 포기하지 않았다. 그 열정은 누구를 위한 것이었을까.

"나 지금 바쁜데…. 여기까지 무슨 일이야?"

내 주위를 맴돌면서도 핸드폰만 들여다보고 있던 엄마를 보다 못해 먼저 말을 꺼냈다.

"그게…. 명자 아줌마 알지? 아줌마 친구 딸이 효과를 봤다고…. 생각해서 물어 물어 알아왔다는데 말이야…."

"무슨 효과를 봐서 뭘 알아왔다고?"

목적어가 다 빠진 엄마의 말에 흥미를 잃은 듯 다시 컴퓨터 모니터로 고개를 돌렸다.

"딸이 결혼하고 애가 안 생겨서 마음고생을 했는데, 이 약을 먹고 임신을 했다잖아. 아줌마가 오늘 약 지으러 같이 가보자는데…. 지어오면 먹을 거야?"

"안 먹을 건데."

그 대화를 빨리 마무리 짓고 싶었다. 그래서 엄마한테는 눈길도 주지 않고 모니터에 눈을 고정한 채 짧게 대답했다.

"엄마까지 신경 쓸 필요 없어. 우리가 알아서 할게."

하지만 엄마는 쉽게 물러날 기미가 보이지 않았다.

"왜 안 먹어? 빨리 애가 들어서야지. 어른들이 얼마나 기다리실 거야."

"지금 우리 시부모님이 아기 기다릴까 봐 이러는 거야?"

"네가 몰라서 그렇지, 친손자는 외손자하고는 다른 거야. 시부모님 생각해서 이러는 게 아니라, 어른들이 눈치 주실까 봐 그러는 거잖아. 정 서방도 말을 안 해서 그렇지, 얼마나 자식을 기다리겠니. 그러면 네가 마음 편하게 살기 힘들어. 자나 깨나 그게 걱정이다."

작심한 듯 쏟아내는 엄마의 말에 입을 꾹 다물고 있을 수밖에 없었다.

"당장 나가 봐라. 너희 언니 이혼한 것도 모르고 큰딸은 시집간 지 십 년이 넘었는데 아직도 애가 없냐고 묻는다. 이제 작은 딸도 아직 애 소식 없냐고 물어 봐. 내가 말을 안 해서 그렇지, 아줌마들이 보내준 문자가 한가득이야. 언제 뭘 먹으면 애가 들어선다더라. 어디에 가서 빌면 임신이 된다더라. 친정 엄마가 가만히 있으면 안 된다고 난리다 아주. 내가 그냥 가만히 있어도 되는지 모르겠단 말이야."

더 들을 것도 없었다. 새삼스러운 이야기도 아니었다. 터져 나오는 울음을 참을 수가 없었다.

"도대체 왜 그래? 내 생각해 주는 건 알겠지만, 남의 말만 듣고 조바심만 내면 어쩌자는 거야? 다들 말로는 쉽지. 내 생각해 주는 거라고. 막상 아기가 태어나면 어떻게 키워? 시어머니는 딸자식 애들은 키워도 며느리 애는 못 키워주신다잖아. 일도 해야 하는데…. 엄마도 키워줄 형편 안 되잖아."

그곳이 일터인 것도 잊고, 사람들이 드나들어도 더 이상 신경 쓰지 않았다. 소리까지 내며 엉엉 울고 있는 나를 엄마는 그저 바라볼 뿐이었다.

좀처럼 울음을 멈출 수 없었다. 엄마를 원망해서가 아니었다. 모두 나를 생각해서 아이 이야기를 하고 있었다. 하지만 내 안에 깊게 자리한 두려움을 봐주는 사람은 없었다. 행복을 향해 달려가는 나를 번번이 잡아채는 그 두려움이 또 덮쳐오는 것 같았다.

"엄마, 나는 사는 게 고통스러웠단 말이야. 차라리 태어나지 않았다면 좋았을 거라고 생각했던 적도 많았어. 그런 내가 어떤 마음으로 애를 낳고 키워? 그리고 무엇보다 아직 형편이 그렇잖아."

*

"고추를 달고 태어났어야지. 또 딸이면 어쩌느냐. 그러니까 니 애비가 너를 낳아도 쳐다도 안 보는 거 아니냐. 으이구."

어린 시절, 외할머니의 손에 이끌려 다니며 항상 이런 이야기를 들어야 했다.

"애비가 돼서…. 지 자식 낳아서 눕혀 놓으면 쳐다보기라도 해야지…. 너를 강보에 싸서 옆에 눕혀 놓으면 윗목으로 쓱 밀어버렸어."

나는 크는 내내 착한 아이였지만, 마음속으로는 부모님을 원망하고 절망이 가득한 마음을 어떻게 해야 할지 몰라 괴로워했다. 내 아이도 그러면 어떡하나. 나를 원망하고 자기 자신을 미워하면…. '나 좋자고 그렇게 만들 수 없잖아.' 고개를 세차게 저었다. 자식을 낳고 키우는 일이 모든 사람에게 다 허락된 일은 아닐지도 모른다고 생각했다.

"어릴 때부터 말이야…. 엄마는 매일 늦은 시간 집에 와서 혼자 밥을 먹는 아버지 앞에 나를 앉아 있게 했어. 방에 들어가고 싶었는데…."

얼음장처럼 차가운 분위기 속에서 침묵만이 무겁게 내려앉은 그곳, 그 시간이 어제 일처럼 떠올랐다.

"나는 눈치만 보는 엄마를 대신해 온갖 이야기를 꺼내

가며 아버지 비위를 맞추려고 애를 썼거든. 그 상황이 너무 곤혹스럽고 싫었지만, 그렇게 하지 않으면 우리 집에서 나는 쓸모가 없는 사람인 것 같은 기분이 들어서…. 지금 생각해 보면 살아남기 위한 노력 같은 거였나 봐. 부모에게 자식은 뭘까?"

"자식은 생각하고 계획해서 낳기보다 본능에 따른 결과가 아닐까. 자식을 낳고 키우면서 거기에 많은 생각과 의미를 부여하는 사람은 많지 않을 거야. 그냥 생기니까 낳고 키우는 거라고."

남편의 이야기에 고개를 끄덕였다.

"맞아. 어쩌면 그게 전부일지도 모르지. 나는 생각이 너무 많아서 오히려 그 당연한 사실을 잊고 있었던 건지도 몰라. 나는…. 자식을 위해서 자식을 키우고 싶어."

"그게 무슨 소리야?"

"다들 애 낳으라고 하면서 '다 너를 위한 거다' 그러시잖아. 하지만 진짜 나를 위한 거라면 편하게 기다릴 거야. 생기지 않으면 아기가 태어나고 싶어 하지 않는구나. 네가 태어나고 싶어 하지 않는 마음도 이해해 줄게, 이런 마음? 정신 나간 거 같지?"

258

"글쎄, 무슨 말인지 모르겠지만, 어쨌든 아직 없는 자식이라도 자식을 생각하는 마음 같아서 좋은 것 같아."

알 듯 말 듯 수수께끼 같은 말들을 주고받으며, 차츰 겁먹은 마음을 내려놓을 수 있었다. 행복하자고 낳은 아이가 평생 나조차도 짐작할 수 없는 고통 속에서 살게 된다면 어떡하나, 겁이 났었다. 나를 위해, 내 가정의 행복을 위해 아이를 낳는 건 무책임한 게 아닐까 고민했었다. 내 불행을 고백하는 것 같아 이런 마음을 그 누구에게도 털어놓을 수 없었다.

"엄마가 그러더라. 자식도 없이 나중에 늙으면 물 한 그릇 떠줄 사람이라도 있겠냐고."

"그래서 뭐라 했어?"

"물 떠줄 사람으로 쓸려고 나를 낳았냐고 그랬지 뭐…."

¶ 덕 볼 수 있는 자식 \

"아니, 너희 아버지랑 나도 곧 칠순이잖아. 상 차리려면
말이야."

"상이라니, 무슨 상을 말하는 거야?"

혼잣말로 중얼거리듯이 내뱉은 말을 엄마는 못 들었는
지 계속 말을 이어 나갔다.

"너희들이 갑자기 목돈 내놓기 힘들 거 아니냐? 그러니
까 미리부터 둘이서 얼마씩 내서 적금이라도 들어야 되는
거 아니냔 말이지. 다른 집들은 다 그렇게 한다더라. 왜 저
기 현태 오빠네는 아들, 딸들이 결혼하고부터 꼬박꼬박 모
은다잖아."

아침 일찍 일어나 미역국을 끓이고 몇 가지 음식을 만
들었다. 코로나로 사람 많은 곳에 가는 것을 꺼리는 엄마

를 위해 우리 집에서 엄마의 생일상을 차리기로 했다. 무릎이 아픈 엄마는 버스와 지하철을 번갈아 타야 하는 수고로움 때문에 몇 번이나 망설였다.

"내가 집으로 가는 건 좀 그래, 엄마. 아버지랑 마주치기도 불편하고 말이야."

엄마의 정글 같은 부엌에서 생일상을 차릴 엄두가 나지 않았다.

"우리 집에서 간단하게 점심 한 끼 먹자고…. 그냥 넘어갈 수는 없잖아."

엄마와 시어머니의 생신은 불과 하루밖에 차이가 나지 않았다. 그래서 생일 날짜와 상관없이 토요일이든 일요일이든 시댁에서 날짜가 정해지면 나머지 요일에 엄마를 만났다. 남편은 그럴 필요 없다고 했지만, 그쪽이 편했다.

"나 혼자 가도 돼. 당신 피곤할 텐데 그냥 집에서 쉬어."

요즘 토요일에도 일하는 남편이 무척 피곤해 보이기도 해서 주말 하루는 쉬게 해주고 싶었다.

사실 결혼 이후로 엄마의 생일날은 줄곧 엄마와 나, 남편까지 셋이서 함께 했지만, 몇 년이 지나고 보니 더 이상 그런 형식적인 자리를 갖고 싶지 않았다. 사위를 보며 뿌

듯해하는 엄마를 보면서 왠지 모르게 마음이 불편했다.

"장모님 생신인데 내가 가야지. 아무도 없잖아."

"그 마음은 너무 고마운데…."

그래도 함께 가겠다고 고집을 부리는 통에 남편이 참석할 수 없는 금요일 점심을 떠올렸다. 서운해할 엄마의 모습이 눈에 선했지만, 남편이 없으면 언니가 올 수 있을 것이다. 그쪽이 더 편하고 자연스럽다고 생각했다.

누더기 같은 가족의 모습을 언니와 내가 이리저리 채워가면서 잘 살아왔다고 생각했다. 그런데, 결혼을 하고 나서부터 부모님은 모든 가족 행사에 '사위'부터 떠올렸다. 남편이 혹시나 갖게 될 부담감도 신경 쓰였지만, 남편이 함께하면 엄마도, 언니도, 아버지도 눈에 띄게 어색한 모습이 되었다. 누구도 편하지 않은 그 자리에서 내내 어디로 튈지 모르는 친정 식구들의 눈치를 살피며 마음을 졸여야만 했다.

"편하게, 우리끼리 만나면 안 되는 거야?"

"이제 다 가족인데 안 편한 건 뭐야? 가족이니까 자꾸 만나고 부딪혀야 정도 쌓이지."

엄마에게 가족은 종교와 같은 것이었다. 겉모양이라도

가족의 모습을 지키기 위해 무던히도 애를 쓰고 있었다.

"다른 집 봐라. 다들 자기네 가족밖에 몰라. 얼마나 똘똘 뭉쳐서 단합이 잘 되니? 우리 집처럼 뿔뿔이 흩어져서 제각각인 집은 없을 거다."

'가족 단합론'이 또 펼쳐지기 전에 전화를 끊어야겠다고 생각했다.

"왜 그 단합을 나랑 정 서방이랑 하냐고? 우리가 언제 가족이라고 모여 앉아서 단합하고 그랬어?"

내가 결혼을 하자 가족의 모양을 유지하는 역할이 온전히 나에게 맡겨져 버렸다.

금요일 점심, 변변치 않지만 직접 만든 음식들을 상 위에 하나씩 올리기 시작했다. 갖가지 성인병으로 고생하고 있는 엄마를 위해서 신경 써서 만든 음식이었다. 벽에 'HAPPY BIRTHDAY' 가랜드를 붙이고 풍선도 불었다. 거창하지 않은 생일 파티였지만 뒤뚱거리는 걸음으로 우리 집을 향해 오고 있을 엄마를 생각하니 짠하기도 하고 왠지 설레기도 했다.

*

내가 만든 음식을 먹고, 직접 담근 김치를 먹고도 엄마는 별말이 없었다.

"엄마 가방에 김치 있어. 아무리 가져가라고 해도 너는 말을 안 듣니? 좀 꺼내와 봐."

"상이 작아서 놓을 자리도 없어. 우리 김치 꺼내 놨으니까 그냥 드셔요. 도마 다시 꺼내서 썰려면 일 많아."

그렇게 말하며 엄마가 가져온 김치를 봉지째로 냉장고에 넣었다.

"김치를 왜 자꾸 갖다 먹으래. 싫다잖아. 엄마는 다리도 아픈데 고생스럽게 무슨 김장이야. 그렇게 하지 마시라고 해도…."

"있는 거 갖다먹으면 돈도 아끼고 좀 좋아?"

"아니, 그러니까 애당초 김치를 왜 있게 하냐고. 담그지 말란 말이야. 식구도 없고 먹을 사람도 없는데 엄마는 왜 고집을 부려? 그래놓고 다리도 아프고 허리도 아프다고 또 난리 칠 거면서."

언니는 엄마의 끝나지 않을 김치 얘기를 막아보자고 나섰지만 세 사람이 밥상에 마주 앉기는 쉽지 않았다.

"가방에 멸치도 있지? 너 멸치 볶을 줄 알아? 프라이팬에 기름 넉넉하게 두르고 달달 볶아서 양념장을…."

"그냥 식사하셔. 쟤도 밥 좀 먹자. 요즘 인터넷에 자세하게 잘 나와. 쟤는 볶아 먹든 삶아 먹든 지가 알아서 잘하잖아."

언니가 말리지 않았다면 엄마는 언제나처럼 반찬 만드는 법을 끝도 없이 설명하려고 했을 것이다. 이제는 다 커서 음식마저 제 손으로 해 먹는 자식을 보며 엄마의 자리가 점점 좁아지는 기분을 느끼고 있는지도 몰랐다. 엄마는 자신의 존재에 대한 믿음이 약한 사람이기도 했다. 그런 기분을 헤아려주고자 앞뒤 없이 읊어주는 요리법을 가만히 듣고 있을 때가 많았지만, 오늘따라 그런 엄마가 피곤하기만 했다.

"엄마는 얼마나 거창한 상을 받으려고 우리한테 적금까지 넣으라는 거야?"

"그리고 상을 도대체 어디에 차릴 거야? 우리가 칠순이라고 상 차려 놓으면 같이 먹을 사람이나 있어?"

주위를 둘러보는 시늉을 하며 말을 이어 나갔다.

"엄마가 아버지랑 손 붙잡고 여행을 갈 거야, 뭘 할 거야? 무슨 명목으로 적금을 들라는 거야, 엄마는?"

"아이고, 한번 해본 소리지. 얘가 왜 이렇게 정색을 하고 그래? 너희 아버지는 칠순 잔칫상 차려준데도 싫다고 하고 밖으로 돌 거다. 그 상을 그럼 나 혼자 받겠냐? 엄마가 그냥 해본 소리라고."

엄마는 고개를 세차게 저었다.

"해본 소리가 아닌데 뭘 그래? 엄마가 먼저 언니랑 같이 돈 모으라면서? 그렇게 떠보듯이 얘기하지 말고 하고 싶으면 그냥 하고 싶다고 말을 해요. 그럼 내가 당연히 하지, 안 해? 내가 뭐 돈이 아까워서 그러나. 우리 가족이 언제 그렇게 둘러앉아서 칠순 잔치하고…."

"됐어, 그만해. 정순 아줌마 얼마 전에 자식들이 잔칫상 주문해서 차려드렸대. 왜, 애들 돌잔치 상처럼 그런 거 말이야. 아들, 딸, 사위, 며느리 다해서 부부가 사진도 찍고 엄마한테 자랑했나 보더라고."

언니는 마치 엄마가 옆에 없는 듯이 나를 보며 이야기를 이어나갔다.

"당연히 부럽겠지. 그런데 우리 집이 어디 그런 거 할 처지가 되냐? 엄마는 아직 미련을 못 버리고 있는 거야. 우리도 그렇게 살 수 있다는…."

그제야 엄마의 존재를 인식한 듯 언니는 엄마를 향해

고개를 돌렸다.

"엄마, 나는 사람들을 안 만나. 공감대가 없거든. 자식 키우는 얘기, 남편 얘기하면 내가 뭐 아나? 안 그래? 엄마도 남들처럼 칠순 잔치도 하고 여행도 가고 싶고 그런 마음 다 이해하는데, 우리 형편에 말도 안 되는 소리야. 너도 그냥 하는 얘기니까 너무 신경 쓰지 말고."

"자식이 돼서 어떻게 엄마 얘기에 신경을 안 써? 엄마, 진짜 칠순 잔치 하고 싶어?"

"하고 싶기는 뭘? 말이 그렇다는 거지."

"말이 그렇다는 건 또 뭐야…. 엄마가 하고 싶으면 우리 셋이서 상 차려줄게. 그런데 분명히 아버지 빼놓고 나 혼자 어떻게 그러냐고 하면서 전전긍긍할 거잖아. 안 그래? 엄마는 아버지랑 정 서방이랑 다 둘러앉아서 칠순 잔치 하고 싶은 거잖아. 그 마음 모르는 건 아닌데…. 그렇게 곤혹스러운 자리를 꼭 만들고 싶냐고? 아버지만 잘못한 거 아니야. 아버지를 떨치지 못하고 우리를 이러지도 저러지도 못하게 만드는 엄마도 분명 잘못이라고."

나이 칠십을 앞두고도 엄마는 아버지를 마음에서 지워버리지 못하고 있었다. 딸들에게 아버지를 마음속 깊이 미워하게 만든 엄마는 정작 자신의 마음속에 있는 남편은 어쩌지 못한 것이다. 아니, 자신이 속한 온전한 가족의 모습을 포기하지 못한 것인지도 몰랐다. 결혼 후 지금까지 엄마는 언제나 딸들에게서 위로를 찾으려고 했다. 아버지가 얼마나 나쁜 사람이고, 엄마에게 얼마나 큰 잘못을 했는지 말하고 또 말했다. 엄마가 쏟아놓은 감정들을 흡수하면서 자랐고, 엄마를 위로하면서 내가 성숙해졌다는 착각에 빠지기도 했다. 하지만 엄마의 바람대로 아버지에 대한 미움이 쌓이고 쌓여 아버지의 얼굴조차 제대로 쳐다보기 힘들어졌을 때쯤 엄마는 표정을 싹 바꾸었다.

"엄마하고 사이가 그래도 너희들한테는 아버지 아니냐…. 자식이 돼서 그러면 못쓴다."

자식 도리는 하라고 했다. 다른 가족들처럼 살고 싶다고도 했다. 엄마의 그 말을 들었을 때 정말 미칠 것 같았다. 엄마의 화에 같이 분노하고 그 분노에 함께 쏟아냈던 말들이 엄마로부터 다시 부정당한 것이었다.

"나는 그래도 너희들은 그러면 안 되는 거야."

*

"왜 정 서방은 전화 한 통 없니? 네 아버지가 얼마나 섭섭해하는 줄 아니? 아주 난리다 난리. 다른 집 사위들은 어쩌네 하면서…."

"자식 전화는 안 기다리면서 새삼스럽게 사위 전화는 기다리는 거야? 언제 우리가 서로 안부 전화하고 살았어? 남의 집 아들한테 부모 대접받으려고 그래?"

퉁명스러운 말투에 엄마 목소리가 한층 수그러들었다.

"너도 참…. 부모가 자식 안부가 궁금해서 그러는 거지, 부모 대접은 또 무슨 소리야?"

"정 서방을 언제 봤다고 자식이 다 뭐고 안부는 또 뭐가 궁금하냐고. 언니나 나한테는 안 통하니까 고분고분한 정 서방한테 어른 대접 받고 싶어서 그러는 거지. 사위가 네, 네 하니까 큰소리치고 싶어서 찾는 거잖아."

"혹시 네가 정 서방한테 너희 아버지 얘기하고 그런 거 아니냐? 그래서 장인이고 장모고 우습게 보고 그러는 거 아니냐고? 너 남편이라고 이 말 저 말 안 가리면 그게 나중에는 다 네 홈이 되는 거야."

"내 홈이 되든 말든 상관없어. 나는 속상한 거 있으면 남편한테 다 말하고 살 거야. 이 눈치 저 눈치 다 보고 살아야 하는 부부라면 차라리 혼자 사는 게 나은 거 아니야? 아버지가 잘못한 거지 우리가 잘못한 거냐고?"

내 말은 못 들은 체하고 행여나 부모의 흠을 사위에게 말했을까 봐 딸을 닦달하는 엄마가 낯설기만 했다.

"다른 집처럼 살고 싶으면 아버지도 평생 밖으로 도는 거 딱 참고 가족들 챙기고 사셨어야지. 엄마도 아버지 때문에 힘들다고 딸들 붙들고 하소연하지 말았어야지…. 하고 싶은 대로 다 해놓고 이제 와서 우리들만 자식도리 안 하는 것 같아서 괘씸한 거야?"

*

"무슨 소리를 하든 한 귀로 듣고 흘려버려. 엄마는 딸들이 어떻게 사는지 눈에 보이지도 않나 봐."

"언니는 그게 가능해? 나는 안 된단 말이야."

"그러니까 네가 맨날 머리 싸매고 그러고 있는 거야. 엄마, 쟤한테 엄마 스트레스 좀 옮기지 말아요. 엄마가 그렇게 사는 건 엄마 선택이잖아. 맨날 쟤만 붙들고 하소연하면 어떡해? 안 그래도 예민한 애를. 자식들한테 기대지도 말고 자식 도리 바라지도 말고…."

"내가 언제 너희들한테 뭐 해달라고 했니? 돈을 달라고 했어? 뭐를 했어? 기대지 말라니…."

"엄마, 차라리 돈으로 달라고 그래. 칠순 때도 용돈으로 드릴게. 열심히 모아서 많이 드릴 테니까 괜히 어설프게 모여서 잔치하자는 얘기, 하지도 말란 말이야."

부모는 자식을 왜 키우는 것일까, 궁금했다. 나에게 왜 아들로 태어나지 않았냐고 책망하는 외할머니의 목소리가 아직도 생생한데, 요즘은 딸이 최고라고 한단다. 딸이 둘이나 있는 엄마를 사람들이 부러워한다고 이야기한 적이 있었다. 그때 엄마는 그 옛날 아들이 없어 기가 죽는다고 말할 때의 모습과 달리 의기양양해 보였다. 확실한 것은 부모에게 도움이 되는 쪽을 선호하는 것 같다는 생각이 들었다.

엄마는 아버지로 인해 생겨버린 인생의 큰 구멍을 끊임없이 딸들로 채우려고 했다. 한때는 엄마를 행복하게 해주고 싶었다. 하지만 엄마는 시간이 지나도 자신의 인생을 돌아보지 않고 모든 것을 아버지 탓으로만 돌린 채 무기력하게 살고 있었다. 이제 엄마 인생의 구멍을 메우는 역할을 포기하고 싶어졌다. 더 이상 엄마가 만들어낸 환상 같은 가족의 한 부분이고 싶지 않았다.

엄마가 생일 모자를 쓰고 케이크를 들고 생일 가랜드

아래에 섰다. 내가 사진을 찍어 주겠다고 고집을 부렸다.

"아이고, 남들이 웃는다. 당장 지워버려."

언니의 손에서 재빨리 핸드폰을 뺏으려는 엄마를 놀리기라도 하는 듯 언니는 그 사진을 카카오톡 프로필 사진으로 바꿔놓았다. 엄마는 울상이 되어 있었다. 나는 더 이상 참지 못하고 소리치고 말았다.

"제발…. 다른 사람 말고 우리를 좀 보면 안 돼? 초라해 보이든 말든 우리가 엄마 생각하는 마음도 좀 봐달란 말이야. 엄마는 왜 맨날 남들 보기에 그럴듯한 가족처럼 보이는 것만 신경 쓰는 거야? 우리끼리 재미있고 행복하면 그만인 거 아니냐고…."

엄마는 대답이 없었고, 생일 파티는 결국 그렇게 끝나버리고 말았다.

*

엄마는 무엇을 바라고 있는 것일까. 남 보기에 전혀 부족함이 없는 그럴듯한 가족을, 번듯한 부모가 되어 대접받고 있는 자신의 모습을, 누구에게 보여줘도 부끄럽지 않은 '진짜' 가족의 모습을 바라고 있는 것일까. 언니의 말대로 엄마는 포기하지 않은 건지도 몰랐다. 엄마는 자신의 행복을 끊임없이 남편과 자식에게서 찾으려고 했다.

"엄마, 결국 스스로 행복할 수 있어야 진짜 행복한 거 아닐까. 남들이 무엇을 행복이라 믿는지 상관없이 말이야…."

¶ 조금의 온기 \

한 해의 마지막 날을 며칠 앞둔 어느 날, 새 달력을 꺼내 들었다.

"내년에는 쉬는 날이 좀 많나?"

남편이 달력을 보고 있는 나를 보며 말을 꺼냈다.

"안타깝게도 별로 없네…. 내년에도 쉬지 말고 일만 하라는 계시야."

"아휴, 또? 설이나 빨리 왔으면 좋겠다."

해마다 새 달력을 꺼내 들면 제일 먼저 시아버지와 시어머니의 생신 날짜를 체크했다. 음력 날짜를 남편에게 확인해 가며 혹시나 잊어버리지 않기 위해 달력에 크게 동그라미를 쳐두었다.

"음력으로 이때니까 이 날 맞지? 아버님 생신 말이야.

우리 남편 생일이 어디 보자…."

그러면 남편은 얼른 달력을 뺏어 내 생일과 결혼기념일에 크게 하트를 그려주었다.

사실 시부모님의 생일을 기억해야 한다는 의무감도 있었지만, 남편에게 잘 보이고 싶은 마음이 더 컸던 것 같다. '나 이렇게 시부모님을 생각하는 착한 부인이야…'라고.

남편은 내가 엄마를 제외하고 유일하게 마음을 연 타인이었다. 내내 외롭고 힘들었던 인생에 어느 날 불쑥 들어와 따뜻한 손을 내밀어주었다. 재미없을 텐데… 지루할 텐데… 라고 말해도 번번이 가는 곳 어디든 따라가겠다고 했다. 기껏 가는 데라고는 동네 뒷산이나, 강변 산책길 그리고 도서관이 전부였지만, 함께 걷고, 묵묵히 기다려주었다. 이미 혼자인 것에 익숙했던 터라 처음에는 불편했다.

"불편해."

"뭐가?"

"부담스럽단 말이야."

"응?"

"누구랑 같이 다니거나, 날 기다리는 거 말이야."

"그게 왜 불편해?"

"너도 재미없잖아. 지루할 것 같아서 눈치 보인단 말이야. 그래서 빨리 걷게 되고, 책도 대충 고르게 된다고. 내 일에 집중할 수가 없단 말이야."

"아니야, 난 재밌어. 그러니까 천천히 해."

함께 다니는 것이 익숙해질 때쯤 새로운 두려움이 밀려왔다. 어느 날 갑자기 다시 혼자가 되면 어떻게 하나 하는 생각이 들었다. 외로움은 혼자일 때 드는 감정이 아닌 것 같았다. 그것은 둘이었다가 혼자가 되었을 때 비로소 느껴지는 감정일지도 모른다. 지난 시간을 담담하게 살 수 있었던 건 마음을 닫고, 희망을 버리고, 혼자만의 세상 속으로 들어가 버렸기 때문이었다. 남편의 손을 놓고 싶지 않았다. 손을 내밀어준 고마움과 잃고 싶지 않다는 두려움이 뒤섞여 혼란스러웠다. 그래서 시부모님한테도 잘해야 한다고 생각했다. 다들 그래야 한다니까 그런 줄 알기도 했지만, 그것이 남편에게 잘하는 방법이라고 생각했다. 어쩌면 내 감정에 빠져 잘하려고만 했던 걸까. 하지만 그런 마음이 시부모님의 눈에는 당연한 며느리의 도리로 보였던 걸까. 조금씩 억울한 마음이 들기 시작했다.

결혼 후, 1년이 순식간에 지나갔다. 시댁과 친정에 챙겨야 할 일들이 너무 많았다. 일에 매여 있는 딸을 안타깝게 여긴 엄마는 웬만한 건 다 넘어가자고 했지만, 시댁은 상황이 달랐다.

"아이고, 난 또 누구시라고. 얼굴 다 까먹겠다. 자주 좀 오너라…."

볼 때마다 빈정거리는 시아버지와 언제나 냉랭하고 차가운 시어머니.

"안 올 줄 알았지. 올 수 있으면 오든지…."

얼굴을 아무리 내밀어도 시댁에서는 '안 오는 사람'이거나 '올 줄 몰랐던 사람'이 되었다. 그렇게 시댁 일에 얼굴을 내밀다 보면 시간은 금세 지나가 버렸다.

"왜 그렇게 나를 보고 싶어 하시는 걸까?"

"우리 엄마, 아빠가 여보 좋아하잖아."

해맑게 웃고 있는 남편의 모습에 한 점 의심이라곤 묻어 있지 않았다.

"정말?"

응, 하고 헤헤 웃는 남편은 어디를 보아도 미운 데가 하나도 없는 사람이었다. 남편은 남자와 여자를 떠나 항상 함께하고픈 좋은 친구였다. 하지만 내 마음과 달리 세상에는 정해진 역할이라는 것이 있었다. 아내와 남편, 아들과 며느리로서 말이다.

"내가 여자라서 밥하는 게 아니야. 여보가 요리를 못 하니까 내가 하는 거지. 어릴 때부터 집안일을 했으니까 웬만큼은 할 수 있는데 당신은 하나도 안 해봤나 봐. 그런데도 항상 집안일을 같이 하려고 하니까 더 대단한 건가. 그런데 빨래 널어놓은 거 보면 완전 쭈글쭈글해서 입을 때 진짜 난감해. 누군가를 위해서 하는 게 아니라 최소한 나 자신을 먹이고, 내 삶을 잘 꾸려 나가기 위해서 집안일은 할 수 있어야 한다고 생각해. 집안일을 하는 데 남녀가 따로 있는 게 아니라, 시간이 되고 먼저 맞닥뜨린 사람이 하면 되는 거지. 집안일이란 것도 어차피 전자제품만 잘 들여놓으면 어느 정도 해결되고, 밥도 사 먹으면 되는데 뭘…. 그래서…. 나 이제 아버님, 어머님 생신이나 명절에만 시댁에 갈래. 아, 뭐 큰일 있을 때만. 응? 여보는 어떻게 생각해?"

"갑자기 얘기가 왜 그렇게? 나는 괜찮은데…. 엄마, 아빠가 어떻게 생각하실지 모르겠네…. 물어볼까?"

"뭐라고 물어봐? 시댁에 중요한 일 있을 때 빼고는 며느리가 안 와도 되냐고 물어볼 거야?"

남편은 잠시 먼 곳을 보며 고민해 보더니 '응'하고 대답했다. 나는 한숨을 길게 내쉬었다.

"그건 아닌 것 같은데…. 아버님, 어머님이야 그렇게 물어보면 당연히 싫어하시지. 그럴 때는 당신이 적극적으로 나서서 설명을 잘 해드리는 게 더 좋지 않을까?

"어떻게?"

"내가 친정에 했던 것처럼. 자식 놔두고 남의 아들을 왜 오라 가라 하느냐, 정 서방을 얼마나 봤다고 가족 타령이냐. 일한다고 피곤한데 쉬게 좀 놔둬라. 시간나면 자기 부모님 뵈러 가야지, 우리 집에 왜 오냐. 뭐든 자식이랑 의논하면 되는 거다…. 이렇게. 나는 맨날 우리 부모님께 이렇게 말해"

남편은 아무 말도 없더니, 나를 뚫어지게 쳐다보았다.

"진심으로, 괜찮아. 처갓집에 가는 것도, 장인, 장모님 뵙는 것도 좋다고. 그렇게 얘기하지 마."

그 순간 묻고 싶었다.

'당신이 우리 부모님을 위해서 뭘 했는데? 우리 엄마가 그냥 당신을 좋아하고, 당신은 앉아서 차려주는 밥만 먹고

오면 되는데 좋고 싫고가 어딨어?'

"당신이 그렇게 말한다면 정말 고맙지만, 결혼했으니까 무조건 서로의 부모님께 잘하자는 그 생각에서 벗어나고 싶어. 나 스스로가 이제 우리 부모님으로부터 독립할 필요가 있다고 생각하거든. 경제적인 것뿐만 아니라 정신적으로도 말이야. 부모님들의 사고방식, 생활 모습 그리고 어릴 때부터 알게 모르게 주입시켰던 세상을 보는 방식까지. 과연 할 수 있을지 모르겠지만, 나는 이제 내 삶을 살아갈 거야. 적당히 조절해 주지 않으면 관계라는 건 언제나 도가 넘치기 마련이야. 부모님과의 관계에서 적당한 조절이란 자식들만 할 수 있는 거고."

하지만 알고 있었다. 입이 아프게 말해도 남편은 절대 시댁에 가서 내가 했던 말들을 입 밖에 꺼내지 않을 것이다. 막상 시댁에 가야 할 일이 생기면 남편은 언제 그랬냐는 얼굴로 나를 바라볼 것이다. 그래도 시댁에 꼭 가야 한다고 강요하지 않고, 언제나 나를 이해할 수 있다는 남편의 말은 큰 위로가 되었다.

"며느리는 왜 시부모님한테 잘해야 하지? 생각해 본 적 있어?"

"음…. 글쎄…. 나도 우리 부모님이 그런 거 신경 쓰는 분들인 줄 진짜 몰랐어. 편하게 해주실 줄 알았는데."

"시부모님 덕 보고 사는 경우가 많아서 그런 거 아닐까? 누구는 시부모님이 결혼할 때 사주신 아파트가 지금 30억이 넘었대. 요즘 집값이 오르니까 그런 얘기 많이 듣잖아. 그럼 당연히 시부모님께 잘해야 하는 거 아니야? 부모 자식 간에 꼭 돈을 주셔서 그런 게 아니라…."

나는 노동과 정성이 돈으로 바뀌는 경험에 익숙해진 사람이었다.

"그런 걸 생각하면 감사하잖아. 나는 손님이 30만 원만 줘도 무릎으로 걸어 다닐 거야."

"푸하. 여보 얘기를 들으니까 그럴 수도 있겠네. 아무래도 지금까지는 여자들이 시부모님이나 남편한테 경제적으로 많이 의지하고 살았던 건 사실이니까."

"그런데 나는 아버님, 어머님께서 나를 마음으로 대해주시길 바랐어. 옛날에 엄마가 아침 일찍 교복 입고 지나가는 학생만 봐도 내 자식 같아서 안쓰럽더라고 하신 적 있거든. 그런데 몇 년이 지나고 보니까 아버님, 어머님한테 따뜻한 마음을 느껴본 적이 없다는 걸 깨달았어. 조금의 애정도, 노력도 보여주지 않으시니까 딱 할 도리만 해야겠다는 생각이 든 거야. 그래도 괜찮아?"

"그래…."

"이런 생각하기까지 너무 무서웠거든. 어머님, 아버님은 말할 것도 없고, 형님들이 단체로 내 머리라도 쥐어뜯으면 어쩌나 걱정할 정도였다니까."

"설마…. 그게 무슨 소리야."

"말도 안 되는 생각을 할 정도로 무서웠다고. 그리고 무엇보다…."

남편의 마음이 두려웠다. 제 부모한테 며느리 도리를 안 하겠다는 부인을 어느 남자가 좋다고 하겠냐는 엄마의 말이 떠올랐다. 입 밖으로 꺼내지 못했지만, 가장 무서운 것은 나를 미워하게 될지도 모르는 남편이었다. 시부모님을 뵐 때마다 이분들의 아들이어서 이 사람은 행복했겠구나 생각했다. 자식들을 대할 때나 다른 사람들을 대할 때 그분들은 너무 좋은 분들이었다. 하지만 며느리에게는 달랐다. 그만큼 시부모님과 며느리 사이에 고착되어 온 역할은 견고한 것이었다.

그렇다면 내가 먼저 그만해야겠다고 생각했다. 시부모

님께 잘 보이고 싶었던 마음을 내려놓기로 했다.

"나 미워하려면 미워해도 돼."

"무슨 소리야? 미워하긴 왜 미워해."

황당하다는 듯한 얼굴이 되어 나를 바라보는 남편을 보자 감정이 또 급격하게 달려나간 것을 깨달았다.

"아니, 부모님이 불편해하시면 결국 여보도 불편할 거고, 그러면 우리 사이도 불편해지잖아. 그렇다고 또 나만 참으면 되지 하고 생각하다가 나도 갑자기 억울해지고⋯. 그럼 다 불편해지는 거 아니겠어?"

"아니야, 그렇게 나중 일까지 생각할 거 없어. 일단 무슨 이야기인지 알겠어. 여보가 편할 대로 해."

하지만 결국, 나는 이혼하기 싫다고⋯ 하고 울음을 터트린 나는 경계 없이 휘몰아치는 감정의 소용돌이에 좌절하고 말았다. 남편의 사랑만큼 나 자신도 중요하다고 생각했다. 나를 지키기 위해서는 큰 결심이 필요한 법이다. 세상에 아름다운 거절이란 없으니까.

*

"너 진짜 이상해. 왜 그렇게 전전긍긍하면서 잘 보이려고 안달을 하냔 말이야. 결혼하고부터 네 머릿속에 반이 시부모님으로 채워진 것 같아. 그것 말고도 신경 쓸 일이 얼마나 많은데….”

“나도 몰라. 그렇게 돼버렸어. 이제 가족인데 미움 받는 것보다 나를 좋아해 주시면 좋잖아.”

“진짜 가족이면 너도 사위들처럼 소파에 앉아서 TV 보다가 한숨 자고 밥이나 먹고 와. 식당에 가서도 사위나 손주들 앞으로 음식을 다 몰아주시면 점원 불러서 너 먹고 싶은 거 시켜먹고. 왜 자주 안 오냐 하시면, 엄마한테 하는 것처럼 바쁘다고 짜증도 막 내고, 할 말 못할 말 다 하란 말이야. 네 말대로 가족인데 왜 못해?”

“시댁에서 그러는 며느리가 어딨어? 꼭 그렇게까지 막 나가야 이 상황이 변하는 거야? 내 성격에….”

“거 봐. 눈치 본다고 아무것도 못하면서 누구를 탓해? 너도 원하는 게 있으면 용기를 내서 뭐라도 하라는 뜻이야. 아니면 속상해하지를 말든지. 잠자코 헤헤거리고 있으면서 뭐가 바뀌길 바라는 거야.”

궁금했다. 모두 어른인데 말로 하나하나 짚어줘야 서로의 사정을 이해할 수 있는 것일까?

¶반반 결혼의 다른 이름은 \

내가 늦은 나이에 결혼한 걸 알게 된 사람이 질문을 던졌다.

"나이 드니까 결혼하기가 더 힘든 것 같아요. 왜 뭘 모를 때 얼른 결혼하라는지 알 것 같다니까요. 죄 다 단점만 보이고…. 도대체 남자 볼 때 뭘 봐야 되는 거예요?"

그 질문을 던진 사람은 오다가다 인사만 하는 정도의 사람이었다. 딱히 친분이랄 것도 없었고, 대화도 해본 적 없는 사람이라 난감하기만 했다. 가뜩이나 말수가 적은 입이 더욱 꽉 다물어지는 것 같았다. 재치 있는 말 한마디를 던지고 서로 웃으면서 지나가면 참 좋을 텐데…. 그런 재주가 없었다.

"자신이 어떤 사람인지 알면 도움이 되지 않을까요?"

질문을 던진 사람은 웃음을 거두고 눈을 동그랗게 뜨고 쳐다봤다. 이내 '피식' 하는 웃음을 흘렸다.

"저는 뭐, 평범하죠."

얼굴에 웃음을 가득 머금고 가던 길을 가야겠다는 의사를 온몸으로 표현하려는 찰나, 질문자는 포기하지 않았다.

"아빠가 될 사람인데…. 경제력은 당연히 봐야겠고, 그런데 너무 일만 하는 사람도 별로잖아요. 애들하고 잘 놀아줄 수 있는 자상한 성격이 좋겠죠?"

뭘 모를 때 결혼해야 한다는 말을 좋아하지 않았다. 내가 서른을 넘기자 엄마는 나를 볼 때마다 혀를 끌끌 찼다.

"그냥 고등학교만 졸업시키고 얼른 시집을 보내버렸어야 하는 건데…. 나이만 자꾸 먹으니까 생각만 많아져가지고…. 어릴 때는 시집보낼 데라도 있지, 저 나이 먹은 걸 누가 데려가."

그 말은 세상 물정 모르는 나이에는 어떤 부당함도 참고 견딜 수 있다는 전제가 깔려 있는 것 같았다. 결혼이란 것이 얼마나 부당한 일이 많은 것이기에…. 게다가 어릴수록 더 가치가 있다는 말 같아서 거부감이 들기도 했다. 도대체 누가, 어떤 기준으로 사람의 가치를 매긴단 말인

가. 하지만 지금 눈앞에서 열심히 떠들고 있는 사람은 미래의 남편을 '장차 내 새끼의 아빠가 될 사람'이라고 표현하고 있었다. 이 말 역시 그 사람 자체를 보지 않고 자신이 정한 역할에 맞는 사람을 구하겠다는 뜻으로밖에 들리지 않았다.

"사랑하는 사람을 만나면 자연스럽게 결혼하고 싶어질 거예요."

"이 나이에 무슨 사랑이에요. 얘기 들어보면 사랑은 금방 식는다고 하던데…. 낭만적인 데가 있으시네요."

가까스로 쥐어 짜낸 대답에 상대방은 온몸이 간지러운 듯 몸을 긁는 시늉을 했다. '낭만적'이라는 말을 유난히 힘주어 발음하면서.

*

남편과의 첫 데이트가 아직도 생생하게 기억이 난다. 남편은 내가 가는 곳마다 따라다니더니, 어느 날 같이 '경주'를 가자고 했다. 많이 가까워지긴 했어도 친구처럼 격이 없이 지내는 사이는 아니어서 먼 길을 함께 가는 것이 영 어색할 것 같았다. 누군가와 함께 나들이를 가본 적이 언제였는지 기억나지 않았다. 떨렸다. 며칠을 고민을 하다

대답했지만, 그런 내가 우스워 보일 것 같아 깜빡 잊고 있었다며 너스레를 떨었다.

천마총 주차장에 차를 세우고 주위를 둘러보았다. 경주는 조용했다. 아니, 텅 비어 있는 것 같았다. 얼마 전 진도 5.8의 강력한 지진이 발생했다고 했다. 대한민국 지진 관측 이래 가장 강력한 지진이었다.

"나는 몰랐어. 들었던 것 같기도 하고…. 정신이 없어서 생각도 못 했네. 어쩌지?"

우리는 서로 마주 보고 웃고 말았다. 그때 우리는 알고 있었다. 우리를 뒤흔드는 강렬한 진동 역시 서로를 훑고 지나가고 있었다는 것을. 여진이 걱정되어 경주에는 사람들의 발길이 뚝 끊어졌다고 했다. 집으로 돌아갈까 잠깐 망설이다가 그냥 둘러보기로 했다. 천마총을 지나 첨성대 옆을 함께 걸었다. 가을이 가까이 다가와 있었다. 조금 어색했지만 별거 아닌 이야기에도 웃음이 나왔다. 어색함이 점차 편안함으로 바뀌고 있었다. 반월성을 넘어 월지에 도착했을 때는 어느새 웃고 떠들고 있었다.

"언제 텅 빈 경주를 구경해 보겠어?"

그 말에 웃으면서 맞장구를 쳤다. 아직도 여진이 느껴

진다는 그 땅이, 남편과 함께 걷던 그때는 너무나 견고하고 단단하게 느껴졌다. 지진이 흔들고 지나간 텅 빈 경주를 걷던 그 시간을 아직도 잊지 못한다. 결혼에서 사랑 말고 선택해야 할 것이 과연 무엇일까?

연애를 거쳐 함께 살고 결혼식을 올리는 동안 나를 당황시킨 건, 삼십 년 넘게 따로 떨어져 살아서 다른 점 투성이인 '남편'이 아니었다.

남편과 함께 살기 시작했을 때는 누군가와 항상 함께한다는 사실이 불편하고 답답했다. 혼자만의 공간에서 느꼈던 편안함과 자유로움이 그리웠다. 항상 남편에게 좋은 모습을 보이기 위해 신경 쓰는 것이 피곤했고, 불규칙한 생활을 바로잡기 위해서는 엄청난 자제력이 필요했다. 다른 사람의 눈을 계속 의식하고 살아야 하는 것은 불교에서 말하는 '수행'이나 다를 바 없었다. 하지만 바꿔 생각해 보니 그래서 결혼을 해야 하는 것일지도 몰랐다.

설레는 단계가 지나고 연애와 결혼이라는 생경한 경험을 통하니 내 밑바닥이 보였다. '내가 이런 사람이었나?' 하루에도 열두 번씩 감정이 끓어오르고 또 식었다. 냉정하게 잘 추스르던 마음은 별것 아닌 일에도 화가 났다. 나를 사랑한다는 그 말에 내 안에 숨어 있던 모습이 부끄러운 줄도 모르고 튀어나왔다. 어린아이처럼 투정 부리다가도 문득 사랑을 잃어버릴 것 같은 불안함에 온몸이 움츠러들었다. 끊임없이 끌어올려지는 내 진짜 모습에 당황하고 또 당황했다. 신혼 초에 많이 싸우는 건 남편이 치약을 중간부터 눌러 짜서가 아니라 그런 사소한 것조차 받아들이지 못하는 자신이 낯설어서가 아닐까.

*

"김치를 먼저 볶아야 하는 거 아니야?"

"김치를 제일 나중에 넣는데….."

"뭐야? 내가 요리 경험이 더 많아. 내 말 못 믿어?"

"그게 아니라, 내가 진짜 맛있는 김치볶음밥 해줄 테니까 기다려봐. 그동안 못 먹어본 맛일 거야."

"됐어. 나는 그냥 라면 먹을래. 나 원래 김치볶음밥 안 좋아해."

그때 남편이 내 말을 들어주지 않아 화가 난 것이 아니었다. 남편이 나를 믿지 못하거나, 내 말을 무시하는 것은 아닐까, 그 순간 엄마 말을 무시하던 아버지가 생각났던 것인지도 모른다. 평소 같으면 내 생각이 없어 보일 만큼 우유부단한 내가 남편에게는 고집을 부리고 있었다. 남편의 말 한 마디에 세상을 잃은 것처럼 두려워하고 있는 모습이 당황스러워서. 말도 안 되는 상황이 낯설기만 해서.

남편은 두려움과 불안함이 많은 나를 언제나 다독여 주었다. 사랑하는 마음도 있었겠지만 원래 그런 사람이었다. 그리고 나는 그런 남편을 알아봤다. 결혼할 때 사람 그 자체를 봐야 할 이유는 그런 것이다. 하지만 자기 자신을 잘 모른다면 상대의 어떤 면을 봐야 하는지도 알 수 없다.

*

결혼을 해서 달라지는 건 없었다. 결혼 전 내 앞에 펼쳐져 있던 많은 고민과 결정들이 결혼 후에도 똑같이 펼쳐져 있었다. 하지만 인생이 더 이상 컨트롤할 수 없는 방향으로 흘러가는 것을 원치 않았다. 그저 남편의 격려로 인생을 바라보는 데 좀 더 용기를 갖게 된 것에 감사했다. 내가 어떤 사람인지 알게 된 것에도.

내 인생을 구원해 준 것은 그토록 바라던 성공이 아니라 남편의 따뜻한 손일지도 몰랐다. 결혼에 있어 사랑이 아니라 다른 것을 선택할 수 있는 사람이 갖고 있는 자신감이 나는 없었다. 번번이 넘어지는 나를 일으켜 세우는 남편의 따뜻한 손을 잡고서야 비로소 내 모습과 인생을 똑바로 바라볼 수 있게 되었다. 그것이면 충분했다.

결혼으로 해결할 수 있는 건 아무것도 없다. 여전히 진로를 고민하며 나를 먹여 살려야 하는 걱정에 빠져 있었다. 결혼은 또 하나의 성장 과정일 뿐 그 이상도 이하도 아니었다. 인생은 결국 스스로 살아나가야 하는 것이니까.

¶진짜 자립이 필요한 사람은, \

"그러니까 너도 반반 결혼이 무슨 뜻인지 잘 모른다는 거야?"

"응, 인터넷에서 주워들었어. 내가 보기엔 둘이서 힘 합쳐서 잘 산다는 뜻인 거 같더라고."

"너도 반반 결혼 했다 이거야?"

"처음에 결혼 얘기가 나왔을 때 내가 물어봤거든. 우리 둘이 중심이 되는 결혼을 할 수 있겠냐고? 내가 생각하기에는 그런 뜻인 것 같아. 부부가 주체가 돼서 둘이 힘 합쳐서 사는 거. 있으면 있는 대로, 없으면 없는 대로."

마지막 말을 나는 마치 노래라도 부르듯이 흥얼거렸다.

"부모님 제쳐두고 둘이 주체가 되는 바람에 네가 시부모님 눈치 엄청 보게 된 거잖아."

"뭐…. 그런 걸 수도 있지만."

그 말에 흥얼거림은 멈췄다.

"시부모님도 며느리 들어오는 줄 알았더니, 아들이 집 떠난 모양새가 돼서 황당하셨겠다."

"아들은 영원한 아들이지. 떠나기는…. 다만 아들한테 가족이 생긴 거지."

"근데 하루 종일 뭐든 반반 나누려면 어지간히 피곤하겠네. 네가 시댁에 가서 부엌에서 일하면 정 서방도 우리 집 가서 일해야 하는 거야? 그건 좀 웃긴다."

부엌에서 엄마를 도와 음식을 만들고 설거지를 하는 남편을 떠올리자 저절로 웃음이 새어나왔다.

"네가 시댁에 가서 뭘 했니, 내가 처가에 가서 뭘 했니를 나누는 게 아니라, 더 이상 서로의 집에 가서 자식 도리 하는 걸 당연하게 생각하지 않는다는 거야. 결혼해서 가족이 생겼으니까 우리 가정이 중심이 된 거야. 이제 우리도 자립하는 거지. 양가에 효도하려고 결혼한 건 아니잖아."

"아이고, 무슨 영화네 영화. 니가 아무리 반반 타령을 해도 그런 날은 안 올 거다. 며느리가 그럼 시댁에 가서 손님입네 하고 소파에 앉아서 차라도 마실래?"

*

언니의 말대로 그런 날은 오지 않았다. 주는 밥을 챙겨 먹고 때때로 방에 들어가 잠을 청하는 시누이의 남편에게도 거의 반사적으로 간식까지 챙기고 있었다. 사위라는 위치가 너무 편해 보여서 시댁 식구인 줄 착각했다고나 할까. 아니 그저 다른 사람에 대한 예의라고 스스로에게 둘러댔다. 또 다른 사위는 집에서 쉬고 있다고 했다. 한숨이 절로 새어나왔다. 정말 내가 생각했던 것들은 영화 속에나 펼쳐질 일이었을까.

결혼을 하고 '며느리'라는 새 이름을 얻었다. 새 이름을 얻은 건 시부모님이나 남편, 가족 모두가 마찬가지였다. 하지만 이름에 지워지는 무거운 역할까지 받은 사람은 나밖에 없는 것 같았다. 단순히 일이 힘들어서가 아니었다. 결혼 전 나는 당당히 내 몫을 해내는 사람이었지만 시댁에서는 아무것도 아닌 사람이 되었다. 그저 네, 네 대답하고 할 일을 찾아 헤매는 사람. 누가 시키지 않아도 저절로 그런 사람이 되었다. 내 존재마저 부정당하는 느낌을 지울 수가 없었다. 집안일을 잘 해내서 존재감을 확인할 수도 있겠지만, 그렇게까지 해서 얻어내는 존재감이란 사실 안쓰러운 것이 아닐까.

누군가는 말했다. 그래도 며느리가 할 도리는 다해야 나중에 할 말도 있는 거라고. 나보다 나이도 어린 상대는 결혼을 한 지 얼마 되지 않아 마치 어른이 된 듯 이런 충고를 해주었다. 엄마에게 자주 듣던 그 말을 나이도 어린 사람에게 또 듣게 될 줄이야.

시댁의 경제적 지원으로 전보다 삶의 수준이 높아진 사람들을 많이 보았다. 또래 남편들의 능력이라는 것도 결국 대부분은 시부모님에게서 나오는 것임을 부정할 수 없다. 하지만 경제적 지원과 함께 따라오는 속박은 '세상에 공짜는 없다'라는 이치를 생각하면 당연한 것이었다. 그 생각을 하자 그 사람들의 삶의 수준이 정말로 높아졌는지 확신할 수 없었다. 그래서 결혼을 할 때 시댁에서 도움을 받을 수 있는지 여부는 중요하지 않았다. 시댁은 결혼 이후 남편을 독립시킬 생각이 전혀 없어보였다. 오히려 며느리가 들어왔으니 이제 진짜 가족이 완성되었다고 생각하는 것 같았다. 함께 여행도 가고 싶다고 했고, 가족끼리 시간도 자주 갖자고 했다. 궁금했다. 왜 그동안 여행도 가지 않고, 가족끼리 시간도 자주 갖지 않았는지…. 그런 건 아들을 결혼시키기 전에도 얼마든지 할 수 있는 일이었는데. 이제는 아들을 '자식 도리'라는 이름으로 묶어놓고 의지하기보다는 스스로의 인생을 살아가도록 격려해 줄 때가 아닐까.

남편과의 결혼 생활은 두 사람의 노력으로 행복해질 수 있는 것이었다. 때때로 무척이나 행복하다고 느꼈던 순간이 있었다. 하지만 시댁을 생각할 때면 마음이 무거웠다. 실제로 우리의 언쟁은 대부분 시댁을 다녀온 다음에 벌어진 것이었다.

자립이 필요한 건 나와 남편만이 아니었다. 진짜 자립이 필요한 건 어쩌면 부모님들인지도 몰랐다. 물론 부모님이 어린 자식들을 키우느라 정신없이 흘러갔던 시절을 떠올리면, 지금이라도 여유로운 시간을 보내며 그 동안의 노고를 보상받고 싶어하는 마음이 이해가 되었다. 자식들의 보살핌과 애정을 바라는 마음은 어쩌면 당연한 것일지도 모른다. 나이가 들어도 자식이 걱정되고, 바른길로 이끌어주고 싶어 여전히 영향력을 행사할 수도 있다. 하지만 내 배 아파 낳아서, 불면 날아갈 듯 소중하게 키운 자식이라해도 결국 품에서 떠나보낼 때가 온다. 자식의 인생을 응원해 주고 아직 창창한 부모님의 인생을 생각하는 시간이

필요하지 않을까. 묵묵히 지켜봐 주고 자식의 결정을 믿어
주는 것도 부모님의 큰 사랑이 아닐까 생각했다.

*

"너는 뭘 몰라. 그렇게 불합리하다면서 왜 다들 결혼하
겠니? 가족은 공동체야. 결혼하면 돈도 더 빨리 모을 수 있
고, 집도 빨리 살 수 있고, 빨리 안정될 수 있어…. 자식이
안정되면 부모님께 더 신경써드릴 수 있고. 다들 원하는
건 그런 거라고."

공동체에서 공동의 목표를 달성하기 위해서는 효율성
이 요구된다. 효율성을 위해 개인의 희생은 어쩌면 필연
적인 것일지도. 내가 속했던 '가족'이라는 공동체는 행복
보다 '행복해 보이기 위해' 엄마의 희생을 요구했다. 개인
의 희생을 아무렇지 않게 여기며 달성하려고 하는 최종 목
표는 무엇일까. 결국 아무도 행복하지 못했던 내 가족에게
'안정된다'라는 건 과연 무슨 뜻이었을까. '최종 목표'마저
의심스러워진 나는 이제 그것이 무엇이든 '비효율'을 선택
하고 싶어졌다. 어리석은 선택일지도 몰랐다. 하지만 나는
공동체의 일원이 아닌 개인으로 남고 싶다. 그럴듯한 가
정이라는 허울을 쓴 텅 빈 껍데기보다 좀 초라해도 행복한

나 자신이고 싶었다.

"며느리 도리는 허상일까. 옛날에는 가족 공동체가 엄청 중요했을 거야. 가족의 노동력으로 서로를 돌보고, 먹여 살리는 시절이었으니까. 이제는 많이 변했어. 초가집도 기와집도 다 사라졌는데 그 허울만 남아서 시댁이니 며느리니 따지며 서로 힘들게 하는 거라고. 생각해 보면 며느리 도리를 해야 하는 명확한 이유도, 근거도 없는 것 같아. 그래서 희망이 생겼어."

나는 애정으로 서로를 대하고 존중하는 영화 같은 시대의 명절 분위기를 상상하며 눈을 반짝이고 웃고 있었다. 언니는 나를 보며 피식 웃고 있었다.

"알지? 부모님들이 맨날 그러시잖아. 우리 걱정 말고 너희들만 잘 살면 된다고…. 그거 다 뻥이야."

"내가 더 며느리 도리, 아내의 도리 운운하면서 압박감으로 자신을 괴롭힌 건지도 모른다고. 엄마도 그렇게 말씀하셨고, TV를 봐도, 사람들과 얘기해도 다 그렇게 말했으니까…. 사람들이 하는 이야기들을 아무 생각 없이 마음에 쌓아놓은 건 나도 마찬가지였어."

가족은 자신의 인생을 살아가는 사람이 되도록 몸과 마

음을 튼튼하게 만들어 주는 따뜻한 울타리여야 한다. 그래야만 어른이 되어 그곳을 벗어나도 계속 성장할 수 있다. 남들에게 그럴 듯해 보이기 위한 장식품도 아니고, 채무를 독촉하듯 서로에게 끊임없이 무언가를 요구하는 관계는 더더욱 아니다. 따뜻한 사랑으로 서로를 격려하고, 오롯이 자신의 힘으로 인생을 살아갈 수 있도록 응원하는 것이 바로 가족 아닐까. 그 안에는 사랑이 가득해야 할 것이다. 사랑은 아무것도 해결하지 못하지만, 그럼에도 불구하고 사랑은 가장 중요하니까. 내가 세상을 향해 똑바로 설 수 있는 힘을 주는 건, 결국 사랑일 테니까.

그런 사람이 되고 싶었다. 그런 가족이 되고 싶었다. 비록 많이 부족하다고 해도 나 역시 조금씩 성장해 나간다고 믿고 싶었다.

　　조용히 찾아온 새해를 채우는 건 곳곳에서 들려오는 한
숨 소리뿐이다. 그 와중에 먹고살 궁리를 해야 하니 마음
은 조급한데, 친정 부모님과 시어머니의 생신이 몰려 있는
1월에 구정까지 있으면 절로 볼멘소리가 터져 나온다. 힘
들다고 말하고 싶었다. 하지만 한편으로는 잘해드리고 싶
기도 했다. 어느 쪽이 진짜 마음인지 나 자신조차 알 수 없
지만, 짜증과 죄책감이 한바탕 지나가고 나야 나의 진짜
새해가 시작될 것 같다.

　　결혼 후 맞이한 어느 추석 날, 시댁에서 돌아와 컴퓨터
앞에 앉았다. 무척 슬펐고 또 화가 나 있었다. 어디서부터
잘못된 것일까. 스스로 한 그 질문에 대답이라도 하려는
듯 그날부터 매일 컴퓨터 앞에 앉아 지나온 시간들을 헤집

기 시작했다.

    살면서 맞이한 순간순간마다 잘한다고 한 일들이었다. 어린 시절의 나는, 어른이 되면 엄마를 행복하게 해주겠다고 약속하곤 했었다. 으레 불행한 가정의 아이가 그렇듯 능력에 걸맞지 않은 과한 꿈을 꾸며, 가족 모두를 구하겠다고 결심했다. 그리고 그런 이야기의 결말 또한 해피엔딩일 리 없다.

    어느새 십 년이라는 시간이 흘렀다. 십 년 전 갑상선암 수술을 받고 결혼을 결심했다. 가족을 떠나는 것 같아 마음이 아팠지만, 사실은 가족을 떠나고 싶었다. 나도 행복하고 싶다고 소리치고 싶었다. 이런 이야기의 결말 또한 해피엔딩이기 어려운 것일까.

부족한 글을 책으로 내보자는 제안을 받고 의아해하던 나에게, 편집자님은 누군가 공감하고 위로받을 수 있다고 말씀하셨다. 그동안 메일을 통해 나누었던 대화들, 이 글을 읽고 또 읽으며 다독일 수 있었던 내 마음들. 무엇보다 큰 위로가 되었던 그 시간들을 떠올리며 용기를 내었다. 그런 기회를 주신 느린서재에게 이 지면을 빌려 진심으로 감사드린다. 부끄럽지만 누군가에게 공감할 수 있는 이야기가 되고, 그래서 위로가 될 수 있다면 정말 기쁠 것 같다.

그래서 결국 자신에게 닿을 수 있는 길을 발견하기를. 오늘도 나는 그렇게 나를 격려한다.

2025 봄, 알로하

그럴 듯한 가정이라는 허울을 쓴
텅 빈 껍데기보다 좀 초라해도
행복한 나 자신이고 싶었다.

자꾸만 비집고 나오는 마음

ⓒ 알로하 2025

초판 1쇄 발행 2025년 3월 20일

초판 1쇄 발행 2025년 3월 30일

지은이 알로하

펴낸이 최아영

교정 김선정

마케팅 서남희

인쇄제본 넥스트프린팅

독자모니터 방정아

펴낸곳 느린서재

출판등록 2021-000049호

전화 031-431-8390

전자우편 calmdown.library@gmail.com

인스타 @calmdown_library

고단했던 삶을 마치고
영면하신 엄마에게
이 책을 드립니다.